U0585184

世界文化艺术
伟人传记丛书

MONACO
LA SAGA GRIMALDI
摩纳哥王室传奇

[法] 帕特里克·韦贝尔 著　　俞佳乐 译

作家出版社

（京权）图字：01-2008-5352

图书在版编目(CIP)数据

摩纳哥王室传奇/（法）韦贝尔著；俞佳乐译，－北京：
作家出版社，2008.11
　ISBN 978-7-5063-4494-4

　Ⅰ.摩… Ⅱ.①韦…②俞… Ⅲ.传记文学－法国－现代
Ⅳ.I565.55

中国版本图书馆CIP数据核字 (2008) 第182480号

Patrick Weber: Monaco, La Saga Grimaldi
©2007, Editions TIMEE
©for the chinese edition

 策划：猎文文化发展有限公司

摩纳哥王室传奇

作者：（法）帕特里克·韦贝尔
译者：俞佳乐
责任编辑：启天
装帧设计：视觉共振设计工作室
出版发行：作家出版社
社址：北京农展馆南里10号　　**邮码**：100125
电话传真：86-10-65930756（出版发行部）
　　　　　　86-10-65004079（总编室）
　　　　　　86-10-65015116（邮购部）
E-mail: zuojia@zuojia.net.cn
http://www.zuojia.net.cn
印刷：北京中科印刷有限公司
成品尺寸：150×188　**字数**：60千　**印张**：4.25
版次：2008 年 11 月第 1 版
印次：2008 年 11 月第 1 次印刷
ISBN 978-7-5063-4494-4
定价：22.00元

 作家版图书，版权所有，侵权必究。
　　　　作家版图书，印装错误可随时退换。

摩纳哥，拥有一切却微不足道的小公国？

提起摩纳哥公国的格里马尔迪家族，某些尚在执政或者已经被推下宝座的欧洲王室往往嗤之以鼻。摩纳哥王室纸醉金迷的生活、不相匹配的婚姻、闹得满城风雨的离婚、真实或假想的财务丑闻影响了家族的声誉，也招致了外人众多的非议。

对身份地位吹毛求疵的王公贵胄如果聪明一些，还是该好好了解一下摩纳哥王室的谱系。七个世纪以来，格里马尔迪的姓氏仿佛深深镌刻在了这块俯瞰地中海的悬崖上。经过历史的沧桑、革命的暗礁和战争的脓疮，摩纳哥在狂风骇浪中建立并保持了国家的独立。如今，它成为了欧洲几个坚强屹立的小国之一，其繁荣程度令众多大国艳羡不已。摩纳哥不会让摄影爱好者失望，但它绝不仅仅是一张漂亮的明信片。就其国家的大小而言，其经济发展在人类历史跨入第三个千年之际取得了巨大的成功。考虑到几个世纪以来，这个建立在悬崖上的国家并非始终繁荣昌盛，甚至经历过很长一段厄运频频的时期，这份成绩就显得分外骄人。

摩纳哥的兴盛在很大程度上归功于其统治者们，他们以天才的智慧确立了祖国的独立，将其建设成了一方乐土。

公国的历史和法国紧密联系在一起。在这个弑君法令还未被淡忘的共和国，格里马尔迪家族成员时常作为王位继承人的形象出现……人物杂志对摩纳哥王子和公主们真实或编造的风流韵事津津乐道，王室御用律师和媒体老板之间的司法纷争数不胜数。摩纳哥王室与媒体保持这种混乱的关系可谓由来已久。悬崖之国的统治者深知，让摩纳哥拥有与其领土大小成反比的知名度，将使自己受益匪浅。

尽管记者们将摩纳哥描绘成一个"以鲜花筑起国界"的微不足道的小国，我们却应该清楚，摩纳哥亲王仍然是古老欧洲大陆上最有权势的国家元首之一。兰尼埃三世让各大国际组织承认了摩纳哥，同时坚决保持国家传统，可谓功不可没。如今，阿贝尔二世面临的挑战是沿着父辈开辟的道路继续前行，推动必要的现代化和民主化发展。否则，在欧洲版图上，摩纳哥将继续作为一个被时代遗弃的国家存在，尽管它至今依然辉煌。

目录

引言： 摩纳哥，拥有一切却微不足道的小公国？ 7

第一章： 从前有个摩纳哥 12

公国的由来•圣女迪瓦特的悲剧•远离祖国的王子们•在法国和西班牙之间摇摆•18世纪各亲王的不同命运•革命的漩涡•天才的主意：蒙特卡洛的诞生•摩纳哥大奖赛•游览摩纳哥王宫

第二章： 个性亲王 32

钟情艺术的奥诺雷二世•发愤图强的查理三世•迷恋航海的阿贝尔一世•英勇善战的路易二世

第三章： 格蕾丝，明星的轨迹 42

格蕾丝的青年时代•格蕾丝和阿尔弗雷德•格蕾丝式的高雅和凯利风格•格蕾丝的行动•在摩纳哥，生命是一场盛会

第四章： 兰尼埃，亲王的印迹 54

王冠何落 • 传奇的相遇 • 奢华绚烂的婚礼 • "查理山"还是"希腊山" • 安托瓦内特的秘密 • 频频曝光的亲王 • 对法之战 • 建国亲王 • 谁在缴税

第五章： 完美家庭 74

卡罗琳的花样年华 • 卡罗琳的全新生活 • 斯蒂芬妮，飓风公主 • 丹尼尔•杜克鲁埃的大起大落 • 阿贝尔，（过于？）理智的年轻人 • 阿贝尔，十足的运动气质

第六章： 多事之秋 88

飞来横祸 • 斯蒂芬妮，稍纵即逝的青春 • 斯蒂法诺，时速200公里的一生 • 斯蒂芬妮的累累伤痕

第七章： 王室新貌 98

卡罗琳与恩斯特－奥古斯特 • 卡罗琳，从公主到王妃 • 斯蒂芬妮，性情女子的斗争 • 阿贝尔，现代君王 • 环保亲王的雄心壮志 • 阿贝尔，永远的单身贵族 • 夏洛特、安德烈与皮埃尔：风华正茂的接班人 • 斯蒂芬妮的儿女们：远离飓风 • 艺术之国 • 富人的天堂？ • 摩纳哥，税收最多的微型国家 • 机构、象征和国际舞台 • 欧洲的几个微型国家

01 从前有个摩纳哥

一切开始于1297年，一个名叫弗朗索瓦·格里马尔迪的人攻占了摩纳哥城池。在赢得国家独立之前，这个屡遭重大历史纷争的公国将自己置于法国和西班牙的保护之下，绝美的自然风光、重要的战略位置使它成为了一个迷人而昂贵的度假胜地。

公国的由来

如果考古学家的判断令人信服，摩纳哥地区在旧石器时代已经有了人类居住的痕迹。

"**摩**纳哥，利古里亚之城。"埃卡特·德米莱特[1]也许是最早提及摩纳哥的学者。然而，人们对其历史真正的了解应该始于公元13世纪。

热那亚人是未来公国的奠基者，他们修筑的堡垒成为了日后的摩纳哥王宫。"红胡子"腓特烈一世[2]和亨利六世[3]承认了热那亚人对摩纳哥地区的控制。于是，在俯瞰地中海的悬崖上，统治者们开始大兴土木，筑起城墙，以确保战略要地的安全。摩纳哥的安全和繁荣令人们在此安居乐业。不久，悬崖之国成了令人垂涎的宝地。为此，热那亚两大势力集团——教皇派（由忠于教皇的费希和格里马尔迪家族组成）和皇帝派（由忠于罗马帝国皇帝的多利亚和斯皮诺拉家族组成）经历了长达数个世纪的交锋。

《战争的面孔》，达利，1940-1941年。

摩纳哥王室的历史最早能追溯到在1133年担任热那亚领事的奥多·卡内拉，他的儿子名叫格里马尔迪……

> ❝ 战略要地，繁荣之邦，悬崖之国令热那亚人觊觎不已。

直到13世纪末，摩纳哥一直处于热那亚共和国的统治之下，悬崖之地成为了热那亚重要家族争夺中心。1296年，教皇派被驱逐出热那亚，来到普罗旺斯避难，这其中当然包括格里马尔迪家族。摩纳哥的命运之舟摇摆不定。1297年1月8日，弗朗索瓦·格里马尔迪占领了城堡。传说中，这位教皇派的代表人物为了潜入摩纳哥，竟然乔装打扮成了方济各会❶的修士！

然而，格里马尔迪家族对摩纳哥最初的统治并不长久。四年后，家族被毫不留情地驱逐出境。三十年之后，随着教皇派的复兴，格里马尔迪家族才得以重回故地。

1　埃卡特·德米莱特(约公元前500－475年)，古希腊历史学家、地理学家。

2　腓特烈一世，绰号红胡子(约1122－1190年)，霍亨斯陶芬王朝的德意志国王(1152－1190年在位)和神圣罗马帝国皇帝(1155年加冕)。

3　亨利六世(1165－1197年)，腓特烈一世之子，霍亨斯陶芬王朝的德意志国王(1190－1197年在位)和神圣罗马帝国皇帝(1191年加冕)，自1194年也是西西里国王。

4　方济各会(也译称为方济会或法兰西斯会)，天主教托钵修会派别之一。

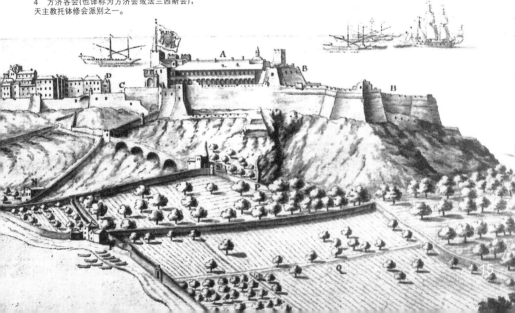

圣女迪瓦特的悲剧

尽管崇尚信仰自由，天主教依然是摩纳哥的国教。在悬崖之国的历史上，甚至是最久远的年代，宗教的影响无处不在。

摩纳哥的由来和一位生活在残暴的戴克里先皇帝[1]统治下的基督教徒的命运密不可分，这位名叫迪瓦特的年轻的科西嘉女子深受罗马皇帝的迫害，被总督巴尔巴鲁斯处以极刑，遗体被放在一艘小船上漂流，目的地是非洲。

如果迪瓦特的遗体就此消失在茫茫地中海，那她殉身宗教的故事也将被人淡忘，但出人意料的是，逆向吹来的海风最终将小船送到了摩纳哥高马特河谷的入海口。人们从四面八方赶来，见证这非凡的一幕。历史对摩纳哥的宠爱显然并非只是偶然的结果！

> 66
>
> 圣女迪瓦特出生于公元238年，
> 是科西嘉和摩纳哥的守护圣人。

现代人将这段轶事看成了一个奇迹，以迪瓦特命名的教堂如今就屹立在当年殉教者遗体被发现的地方。

随着时间的流逝，圣女成为了当地人民热爱的对象，作为美丽岛[2]的保护人，她自然也成为了摩纳哥公国的守护者。传说中，在中世纪，几个歹徒想要用一艘小船将圣女的遗骨偷运出去，闻讯赶来的人们烧毁了那艘船。这个故事成了如今祭祀礼仪的由来之一，每年圣迪瓦特节都要举行有严格规定的仪式。在摩纳哥民众和宗教领袖面前，亲王将象征性地点燃一艘船只。

---

1 戴克里先(245－312)，
罗马帝国皇帝，284－305年在位。

2 即科西嘉岛。

摩纳哥的守护圣人迪瓦特站在她保卫的城市前 法国芒通圣米歇尔教堂内景。

17

远离祖国的王子们

国土的狭小使摩纳哥王子们时常远离故土，四处寻求倚靠……

兰尼埃一世曾被法国国王美男子菲利普四世任命为海军元帅。1304年，在对荷兰人的泽瑞克西海战中，他取得了重大胜利。热那亚总督攻占摩纳哥时，王子抱憾逝世。

1331年，兰尼埃一世之子查理一世控制了悬崖之地，被认为是摩纳哥真正的建国人。他不仅获得了斯皮诺拉家族的财产，也得到了芒通和罗克布罗的领地，将其并入摩纳哥版图。作为优秀的军事家，查理一世还参加了法国1346年克雷西战役和攻占加莱的战争。

兰尼埃二世则服役于法国好人让二世（又译为约翰二世或好人约翰，1350-1364年，法兰西国王）和那不勒斯让娜王后的海军，终其一生都不曾踏足摩纳哥的土地。

兰尼埃二世的儿子之一让一世为阻止热那亚人收复领地奋斗不已。让一世的儿子卡塔朗在父亲死后三年去世，让的女儿嫁给了昂蒂布一支的格里马尔迪家族成员，随后也香消玉殒了，她的丈夫则有幸看到了法国查理八世和萨夫瓦公爵承认摩纳哥独立。

> 66
> 兰尼埃一世、查理一世和兰尼埃二世都不曾充分开发悬崖之地，摩纳哥的独立会改变这一切吗?

当然，热那亚人依旧企图收复摩纳哥，于1507年发起最后一次攻击，以失败告终。路易十二最终也承认了摩纳哥的主权地位。

1512年，摩纳哥的独立得到了书面认可，与法国的永久结盟也昭然天下。让二世和吕西安先后登上统治者的王位，后者于1523年被其表兄巴尔特勒米·多利亚杀害。当时吕西安的儿子年龄尚小，由其叔父格拉斯主教奥古斯丁行使监护权。

兰尼埃一世（1267-1314），
身着锁子甲，外套红白菱形
图案上装，红白菱形图案为
摩纳哥国徽的标志。

在法国和西班牙之间摇摆

尽管摩纳哥正式宣布与法兰西"永久结盟",它和强大近邻之间的关系却并非始终和谐。

奥古斯丁从弗朗索瓦一世那里没有得到查理八世和路易十二对摩纳哥那样的大力扶持,于是转向了另一位他认为更加合作的西班牙国王查理五世,这标志着摩纳哥与西班牙结盟的开始,而这种结盟日后为公国带来了不少麻烦。西班牙的保护持续了一个多世纪,而小小的公国为了维持悬崖之上的驻军也付出了沉重的代价。

1532年,奥古斯丁与世长辞,其继位者奥诺雷尚未成年。艾蒂安(热那亚的格里马尔迪家族成员,更为人熟知的名字是居贝尔南)成为奥诺雷的监护人,控制了摩纳哥政权。

奥诺雷一世的儿子查理二世和埃居尔生活动荡不安。1604年,埃居尔被谋杀,继位人奥诺雷年龄尚小,由其叔叔瓦勒德塔尔王子行使摄政权,直到1616年。奥诺雷二世开始使用摩纳哥亲王头衔,得到了西班牙的承认,从此沿袭下去。

奥诺雷的统治为国家带来了繁荣,摩纳哥重新转向与法国的结盟,得到了黎塞留的支持。1641年,路易十三签署了与摩纳哥之间的和约,法国保证对其弱小邻国行使友好的保护,承认格里马尔迪王室的主权。奥诺雷要做的就是驱逐西班牙人,这点也很快实现了。

刻有奥诺雷二世（1597－1662）头像的钱币。

摩纳哥的城市和堡垒。

为了完善伟业，奥诺雷二世来到了法王的宫廷，接受了众多的荣誉，比起查理五世的封赏来有过之而无不及。于是，摩纳哥亲王又成为了瓦伦蒂诺瓦公爵、卡尔拉子爵、雷伯侯爵和圣雷米领主。

奥诺雷大力进行对摩纳哥王宫的整治和美化，建起了王宫南侧翼，收集艺术大师的众多作品。作为文学艺术事业的资助者，他还喜欢发起节日庆典，组织宫廷芭蕾演出。

与欧洲大国的结盟时断时续……

奥诺雷又两度来到法国宫廷，建立起与马萨林和年轻的路易十四的友谊，路易十四后成为奥诺雷孙儿路易的教父。1662年，奥诺雷二世逝世。

18世纪各亲王的不同命运

奥诺雷二世的孙子路易娶了格拉蒙将军的女儿卡特琳-夏洛特为妻，成就了一段美满姻缘。1662年，他继位奥诺雷，成为摩纳哥亲王。

在这个时期，摩纳哥亲王们在法国逗留的时间超过了在本土的时间。路易一世参加了尼德兰联省共和国对抗英国等一些战役。回到摩纳哥后，他又被路易十四任命为驻罗马教廷大使，再次出发前往罗马。

路易斯－伊波利特 (1697－1731)，安托万一世之女，在统治摩纳哥短短一年后患天花逝世。

路易在教皇之城过着花钱如流水的日子，以至于摩纳哥王宫因此失去了一大部分财富。1701年，生活奢华的路易撒手人寰。

路易之子安托万与贵族阶层保持着很好的关系，得以继承王位。他娶了玛丽·德洛兰，本应是好事一桩，但亲王与妻子关系不和。因为身体孱弱，安托万不得不留在摩纳哥，下令兴建防御堡垒。1707年，法国外省萨夫瓦公爵的入侵使摩纳哥心惊胆战，乌得勒支和约的签订终于结束了外族入侵的担忧。

1732年，修建在悬崖之上的摩纳哥王宫。

安托万一世死后，没有留下继承王位的男性后裔。亲王大女儿路易斯—伊波利特嫁给了雅克-弗朗索瓦-莱奥诺尔·德马提翁。后者放弃自己的姓氏和武器，归依格里马尔迪家族，路易十四赐给他瓦伦蒂诺瓦公爵封号。路易斯-伊波利特死后，她丈夫成为摩纳哥雅克一世亲王。

> 66
> **在摩纳哥公国，王位继承问题几乎成为了惯例。**

然而，管理公国的事务没有引起雅克一世的兴趣，更糟的是，安托万的顾问们也认为他并不是值得效忠的君主。事实上，雅克一世从来没有真正行使过亲王的权利。1733年，雅克退位给他的儿子奥诺雷三世。虽然拥有瓦伦蒂诺瓦公爵的封号，雅克一世还是在他巴黎美丽的马提翁宫度过了余生。

革命的漩涡

奥诺雷遵循家族传统，多次为法国国王征战沙场。他娶了意大利布利格诺－塞尔家族的玛丽－卡特琳。这对夫妻很快分手了，却为摩纳哥留下了两位王位继承人。长子奥诺雷娶了路易丝·多蒙马扎然，从而为王室带来了许多财富。

> 作为摩纳哥独立历史的插曲，在1793至1814年之间，悬崖之地以埃居尔要塞之名并入了法国版图。

摩纳哥国富民强之际，法国大革命爆发了。摩纳哥亲王在法国拥有的许多封地也被没收，这标志着格里马尔迪王朝经济危机的开始。

新生思想冲击着摩纳哥，一派拥护保留王权，另一派想建立民选政府。1793年，法国国民公会投票决定摩纳哥公国与法国统一，摩纳哥先作为法国的一个区，后又成为行政区首府，随即被圣雷莫替代。

摩纳哥王宫的财富不断流失。在国难当头的岁月里，它先是军队驻地，后成为了医院，最后变成乞丐收容所。受到拘押的王室成员最终得到了释放，奥诺雷三世的儿媳玛丽－泰雷兹·德肖佑勒－斯坦维勒运气欠佳，被推上了断头台。

奥诺雷五世加布里埃尔·格里马尔迪，瓦伦蒂诺瓦公爵，摩纳哥亲王，西班牙大领主。

拿破仑王朝的结束为摩纳哥吹来了复兴之风。孱弱的奥诺雷四世无力承担亲王的职责，最后是他的儿子奥诺雷-加布里埃尔登上了王座，称号奥诺雷五世。公国被置于意大利撒丁岛国王的保护之下，但摩纳哥的繁华盛景还是明日黄花。

即使到他逝世的时候，奥诺雷五世的治国能力尚未得到一致认可。他的弟弟弗洛雷斯坦接过了王冠，作为艺术爱好者，新亲王在很大程度上依靠他的妻子卡罗利娜·吉尔贝·德拉迈兹来重建公国。芒通和罗克布罗地区表现出新的独立愿望，要求建立自由政体。1860年，尼斯和萨夫瓦公爵领地被割让给法国。1861年，查理三世向法国放弃了他对芒通和罗克布罗地区的控制权。亲王因为这些失去的城池而得到了四百万法郎的赔偿，所签订的和约第一次承认了摩纳哥的彻底独立，不再受任何政府的保护。

作为摩纳哥独立历史的插曲，在1793至1814年之间，悬崖之地以埃居尔要塞之名并入了法国版图。

摩纳哥亲王奥诺雷三世
(1720 — 1795)。

天才的主意：蒙特卡洛的诞生

1861年和约不仅承认了摩纳哥的独立，还决定在公国境内修建铁路和中峭壁公路。法国和摩纳哥两国海关的统一使两国经济交流更为便利，堪称锦上添花。

在其统治期间，查理三世致力于经济革新，他高瞻远瞩，加紧建立摩纳哥的新角色。

在查理三世的推动下，斯佩律格地区的城市化建设大刀阔斧地展开，最终造就了蒙特卡洛（原意为查理山），成为了公国的中心，从某种意义上说，也就是国家

摩纳哥亲王查理三世(1818－1889).

的首都。与此同时，亲王实行了颇具艺术性的政策，使设施、外交、宗教和经济等领域齐头并进。在政治、经济和城市规划领域有所成就之外，还建设了火车站、主教府，印制了第一批摩纳哥邮票，在国外设立了公使馆。

当时，温泉资源开发非常流行。查理三世的天才之举是用功能尚待开发的海水代替了泉水。当奥芬巴赫著名的《巴黎人的生活》在法国首都巴黎大获成功之际，查理三世在里维埃拉[1]也上演了一出杰出的轻歌剧。

经过了最初的犹豫之后，愈来愈多的游客涌向摩纳哥。他们在这里体会到了舒

---

1 地中海沿海著名旅游胜地。

1900年左右，蒙特卡洛赌场入口。

MONTE-CARLO. — L'Entrée du Casino. — LL.

爽宜人的氛围和气候。每天能读到属于自己语言的报纸，也令游客欣喜不已。摩纳哥开始具备了大都会的魅力。打着遮阳伞、身着蓬松长裙或礼服的人们在巴黎大酒店门前来来往往。香槟四溢，欢声笑语深夜可闻。

> ❝ 1866 年，摩纳哥最著名的地区被命名为蒙特卡洛，繁华之城不久就覆盖了这片土地。

查理三世完全有理由为自己的政绩骄傲。遗憾的是，双目失明使他逐渐陷入难以忍受的寂寞中。然而，他的梦想成为了现实。20世纪初，欧洲棋盘上的小卒摩纳哥最终成为了现代化的国家。

摩纳哥大奖赛

20世纪20年代末，摩纳哥人的头脑中萦绕着一个奇怪的念头：为什么不在公国推出一个国际汽车大奖赛呢？旅游业将从中获益，也能把摩纳哥的名声传播到狭小国界以外的地方。

悬崖之国的风景长廊已经建成，再也没有什么能够阻止这个似乎有些疯狂的计划。再者，组织国际性的竞赛将使摩纳哥这颗新星在国际舞台上熠熠生辉。汽车大奖赛反映了技术的进步，符合当时人们对汽车的热爱，从而将为摩纳哥树立起一个现代化的国家形象。

1929年2月14日13点30分，第一届大奖赛的发令枪声响起。在比赛开始前，摩纳哥亲王路易二世乘坐一辆沃新恩汽车，隆重绕赛道一周。

在第一届大奖赛中，威廉姆斯驾驶布加迪35B型赛车，以80.194公里的惊人时速绕赛道一百圈（总里程318公里），技压群雄，荣获冠军！

不久，摩纳哥大奖赛便和勒芒24小时耐力赛及印第安那波里500一样，成为了赛车选手不能错过的约会。大奖赛提供了独一无二的环境、温和宜人的气候，王室成员更是鼎力提携，时常现身在观众席上。

> ❝ 1929年创办的摩纳哥大奖赛如今成为了全世界最重要的汽车锦标赛之一。

岁月蹉跎，大奖赛的车道却少有变化，只因为城市改造进行了几处必要的调整。

从开办之日起，大奖赛只中断了13个年头：从1939年到1947年，还有1949年、1951年、1953年和1954年。1950年，摩纳哥正式成为世界一级方程式锦标赛的一站。

1930年4月6日，第二届摩纳哥国际汽车大奖赛海报。

在成就大奖赛传奇的英雄人物之中，人们将牢记这些名字：胡安·曼纽尔·范吉奥、莫里斯·特安迪昂、斯特林·莫斯、格拉汉·希尔、尼奇·洛达、阿兰·普劳斯特、奥利维·潘尼斯、戴维·库塔尔、米卡·哈基宁，当然还有迈克尔·舒马赫和他的神奇战车法拉利。

游览摩纳哥王宫

摩纳哥王宫的前身是一座热那亚城堡，它象征着国家主权，也记录了格里马尔迪家族的功绩。

如今，尽管摩纳哥王宫还保留着中世纪的风格，人们也很难追忆起它最初的面貌。在很长一段时间里，这是一座用来抵抗公国敌人入侵的堡垒。17世纪，奥诺雷二世开始对王宫内部进行整修，1690年，路易一世下令建起朝着大院的王宫大门。

> 1297年起作为亲王府邸的王宫坐落在一块60多米高的悬崖上，地理位置独一无二。

法国大革命之后，落寞的摩纳哥王宫形影相吊，惨遭破坏、收藏尽失，亲王的住所百废待兴。奥诺雷四世和奥诺雷五世前赴后继，查理三世下令建起了圣玛丽塔楼和其他佛罗伦萨风格的附属建筑，丝毫不辜负他建设者的美誉。阿贝尔一世建起了钟楼，尔后，兰尼埃大力推行对王宫的翻修和现代化建设。

对于游览者而言（王宫大套房从6月到10月对公众开放），大院极大地冲击了他们的想象力。这个庭院既是旧城堡的核心，也是新王宫大力修葺的象征，因为点缀地面的白色或彩色鹅卵石（将近300万块）是兰尼埃三世的杰作。通向埃居尔长廊的楼梯设计受到了枫丹白露城堡的启发。长廊令人联想起文艺复兴时期佛罗伦萨的王宫，王室成员在重要场合和公众见面的露台也坐落其中。

王宫中还有其他许多豪华绮丽之处：镜廊、约克公爵的客厅和卧室（公爵在这里逝世）、黄色沙龙、路易十五卧室、军官厅、路易十五厅、马扎然厅、路易十三卧室等。当然还有王座厅，格蕾丝和兰尼埃三世的婚礼就在此举行。帝国风格的王座放置在维也纳天鹅绒华盖下，不仅仅代表亲王的权力，也体现了公国的独立。

个性亲王

02

悬崖之国的历史，首先是个性鲜明的亲王们的传奇史：为国家赢得独立的奥诺雷二世、创建蒙特卡洛的查理三世、坚定捍卫国家繁荣的阿贝尔一世、经历一个世纪跌宕起伏的路易二世。

钟情艺术的奥诺雷二世

17世纪前三十年，摩纳哥继续遭受西班牙的控制。幸运的是，守护公国命运的奥诺雷二世深谙统治之道。

奥诺雷二世为西班牙人从未履行的承诺付出了沉重的代价，为了摆脱与伊比利亚人的纠缠，亲王酝酿着和法国重修旧好的计划。

摩纳哥的主人与法兰西王朝的重要人物黎塞留主教开始了谈判，所起草的合约在递交法国国王之前，被当做是最重要的机密。1635年，路易十三签署了一份文件，在其中他隐晦地承认了摩纳哥亲王的地位。法国和摩纳哥关系美好的前景只留下一块阴影：西班牙人一直驻扎在摩纳哥的堡垒中。乍看上去，摩纳哥命运的转变似乎风平浪静，但这平静掩盖了在战略方面的犹豫，而大自然也喜怒无常。一方面，奥诺雷二世反对向西班牙驻军发起攻击，造成死伤惨重的结局；另一方面，万一海上风暴骤起，将会阻碍军舰的靠岸。最糟的是，西班牙可能发起反击，对摩纳哥施以强大的压力，限制亲王的权力。

1636年，法国人发起进攻，将西班牙人逼到勒汉岛。当然，奥诺雷二世必须面对来自距离国土几百米处的威胁，但至少确保公国获得了法国的护卫。

> **66**
> **奥诺雷二世将摩纳哥从西班牙的桎梏中解脱出来，重新和法国建立了亲密的联系。**

作为优秀的政治家，奥诺雷二世在1641年签订了皮隆尼和约，可谓一锤定音。从此以后，法国将在接受亲王个人要求的前提下向公国提供保护。这种符合摩纳哥利益的结盟持续了近一个半世纪。

作为法国国王的座上宾，奥诺雷二世游历了巴黎，迫不及待地想为自己的国家树立新的面貌。他收集众多名画，点缀整修一新的王宫套房。亲王还组织盛大聚会，自

54岁的摩纳哥亲王奥诺雷二世，摩纳哥与法国重修旧好的缔造者。

豪地向客人们展示他的珍贵鸟禽和典雅园林。

凭借奥诺雷二世的努力，公国焕然一新，开始在奢华艺术领域崭露头角。1662年，亲王临终之际，对于他走过的道路，理应感到骄傲，因为在这30年间，将摩纳哥从西班牙的利爪下解救出来，重建家园，似乎是一场胜算极小的赌博……

发愤图强的查理三世

查理三世登上王位之后，命运的打击将摩纳哥的国土缩减到原来的十六分之一，亲王本可能就此怨天尤人、一蹶不振。然而，他却成为了公国最伟大的君主之一。

法国收回了芒通和罗克布罗，但查理三世并没有因此被打倒。恰恰相反，他以拿破仑三世为楷模，力争使弱小的摩纳哥成为现代化国家。事实上，弗洛雷斯坦一世生前希望建造浴室的念头，就已经开启了摩纳哥现代化的道路。

> **在查理三世的统治下，摩纳哥经历了一段繁荣昌盛的时期，在文化发展和国际交往上也取得了重大突破。**

查理三世坚信，摩纳哥具备众多优越的条件：气候温和、位置重要，尤其是独立于法国，却很容易被法国人接受。他鼓励创建蒙特卡洛SBM旅馆集团，修缮豪华园林。他充分认识到独立的重要性，决心利用法国禁止赌博的规定，促进摩纳哥经济的发展。俯瞰海岸线的斯佩律格高原成为了摩纳哥旅游业的新鲜血液。亲王要求在国内组织大量的舞会、音乐会，开办大批餐馆，以吸引各式各样的游客，开展如火如荼的"广告"运动，宣传新兴场所。极有远见的查理三世决定，SBM集团将承担公共服务事业的所有费用。在这点上，小小摩纳哥公国的亲王超越了他的资本主义导师们，比如法国的拿破仑三世、英国的维多利亚女王、比利时的利奥波德二世等。他还在酝酿一个大举措：摩纳哥的福利将由一个私人公司来完成。

为了完成自己的杰作，亲王决定，赌场和豪华度假区将成为摩纳哥真正的首都，应该抓紧为这个地区找到一个响亮的名字。1866年，答案揭晓，新首都名为蒙特卡洛。

摩纳哥亲王查理三世，阿贝尔一世之父。在与法国签署了解决芒通和罗克布罗问题的和约后，查理三世在新的国土领域上确立了稳固英明的统治。

时隔不久，查理三世高瞻远瞩的孤注一掷为国家迎来了成功。蒙特卡洛的模式大获成功，"查理山"的声名超过了摩纳哥！

迷恋航海的阿贝尔一世

查理三世之子阿贝尔一世毕生具备水手的灵魂，亲王对于海洋的兴趣不仅源自对长途旅行的厌倦，更是出于对科学的热爱。

ALBERT DE MONTE-CARLO

阿贝尔一世继位时已有41岁，经验丰富。作为一位真正的科学爱好者，海洋学、人类学、古生物学甚至植物学都激起了他的热爱。

亲王是社交圈和文学圈的常客，一手创建了国际和平组织。他为摩纳哥制定了宪法，着手深化制度改革。在艺术方面，他促进摩纳哥引进俄国芭蕾舞艺术，开始新建歌剧院。

作为先锋的冒险家，阿贝尔一世对北极进行考察，成为人类探险史上的重要事件。亲王厌恶势利和偏见，敢于以毫不妥协的君主形象出现，也不害怕和法国总统进行平等对话。

> **我没有任何功绩，否则，我不会幸福。"**
> 阿贝尔如此回答庆贺他功德圆满的人们。

尽管阿贝尔一世内心深处爱好和平，他还是不得不参与了第一次世界大战。德国皇帝威廉二世的态度深深地伤害了阿贝尔一世，亲王对皇帝表示了强烈的谴责，对造成灾难性后果的穷兵黩武进行了抨击。

在阿贝尔统治时期的成果之中，我们可以列举出巴黎海洋学院、摩纳哥海洋博物

19世纪90年代的摩纳哥亲王阿贝尔一世（1848－1922），海洋学家，兰尼埃三世的曾祖父。

馆、异国风情园、巴黎古人类生物学院、摩纳哥史前古生物博物馆和国际水文地理办公室。

1922年，在经历了丰富多彩的奇特人生后，阿贝尔一世的生命之火在巴黎熄灭了。亲王为祖国的兴盛倾注了毕生心血，对迷恋法国的他而言，这样告别人世颇具象征意义。

英勇善战的路易二世

由于在第一次世界大战中的英勇表现，当时还是王储的路易二世就成为了引人瞩目的英雄。一战不仅使路易获得了战争十字勋章，也让他晋升为师长。重建和平后，路易保留了一位军人的灵魂。在两次世界大战之间的混沌时局中，摩纳哥的命运掌握在了这位不屈不挠的战士手中。

路易二世必须面对国内民众的请愿和国家繁荣面临重创的经济局面。赌场顾客们玩兴大减，出手也远没有以往阔绰。

王位继承问题也迫在眉睫……在驻阿尔及利亚军团担任军官的时候，年轻的路易爱上了一位名叫玛丽-朱丽叶·卢韦的洗衣女。1898年，女儿夏洛特的出生巩固了这对情侣的关系。然而，查理三世坚决反对这桩婚事。屋漏偏逢连阴雨，法国方面非常担心，在格里马尔迪家族嫡系没有后代的情况下，一位德国王子（查理三世姐姐的后裔）将接过摩纳哥的王冠。

1919年，路易正式收养了夏洛特。一年以后，她嫁给了皮埃尔·德波利尼亚克，皮埃尔接过了格里马尔迪家族的武器，成为了摩纳哥王室成员。这个计策成功了，公国既避免了被法国吞并的厄运，也逃脱了德国的控制。

❝
路易二世使摩纳哥再次经历王位继承的动荡。

1920年，安托瓦内特公主呱呱坠地。1923年，当他的祖父执政才几个月的时候，小兰尼埃降生了。可惜皮埃尔和夏洛特的婚姻并不幸福，这使夏洛特十分痛苦。1933年，两人宣布离婚。严肃的路易二世难以接受家庭的不幸，尤其是他本人依然单身。

摩纳哥亲王路易二世
(1870－1949).

第二次世界大战爆发，在意大利法西斯和北部被占、南部投降的法国之间，摩纳哥如坐针毡。与之相比，摩纳哥国内阵营对峙，也经历了同样深痛的创伤。几十年过去了，人们仍然无法清晰地判断摩纳哥在混乱战争时期所扮演的角色。

1944年，亲王同意夏洛特将继承权让给她的儿子兰尼埃。1946年，刚硬固执的路易二世终于听从了心灵的召唤，迎娶了吉兰·多芒热。然而，幸福的婚姻并没有持续多久，1949年，戎马一生的亲王永久地放下了武器。

03

格蕾丝，明星的轨迹

"只有亲王和玛丽莲·梦露或格蕾丝·凯利的婚姻才能挽救摩纳哥和它的旅游业。"希腊船王亚里士多德·奥纳西斯可能会如此说。第一眼见到赋予阿尔弗雷德·希区柯克无限灵感的格蕾丝·凯利，兰尼埃三世便为她的魅力而倾倒。1956年，格蕾丝·凯利放弃了好莱坞的演艺生涯，与兰尼埃三世完婚，成为了摩纳哥有史以来最受爱戴的王妃。

格蕾丝的青年时代

格蕾丝·帕特莉西亚·凯利绝不是一个平凡女子，然而她也并非命中注定会成为一代王妃。

1955年，格蕾丝·凯利和加里·格兰特在希区柯克的《捉贼记》中。

1929年11月12日，格蕾丝出生在费城，她的父亲约翰·布兰登·凯利是圆了美国淘金梦的典型人物。爱尔兰裔的约翰不仅是一位富有的企业主，人称"砖头国王"，还是曾获得奥林匹克赛艇冠军的杰出运动员。

格蕾丝的母亲玛格丽特·梅尔具有符腾堡血统。这是一位极讲原则的妇人，对孩子的教育方式非常严格。小格蕾丝就是在这样一个优越而严谨、注重培养勤奋刻苦美德的家庭环境中成长起来。凯利家族的每一个人懂得美国梦想的价值，一致认可与此相关的价值观：表现优越就是为了能够出类拔萃。一切平凡和低俗都应该被摒弃。至于优雅的风度，则是服饰严谨、品行端庄的体现。

> **"我很快就获得了成功，也许太快了，让我无法衡量它的重要。"**
> ——格蕾丝·凯利

年轻的格蕾丝立志要当一名演员的时候，她的父母鼓励她要严肃对待自己的决定。于是，她来到了纽约戏剧艺术专科学院学习，并于1949年开始了在百老汇的表演生涯。

在好莱坞，格蕾丝时髦而又冷艳的金发美女形象令人印象深刻。这样的形象深得阿尔弗雷德·希区柯克的赏识，她成了希片中最具代表性的女演员。1954年，格蕾丝出演了《捉贼记》一片的女主角，赴摩纳哥拍摄部分场景。1955年，格蕾丝在《乡村姑娘》中的演出为自己赢得了奥斯卡金像奖。人们津津乐道格蕾丝与克拉克·盖博、加里·库珀、威廉·霍尔登及雷·米兰德的关系。当然，人们认为她所交往的都是富有的绅士……在美国制片业的黄金时期，格蕾丝获得了巨大成功，她的倩影不断出现在《完美的罪行》、《红尘》、《正午》等著名影片中。

作为时常登上杂志头条的女演员，格蕾丝奇迹般地躲过了丑闻的陷阱。和摩纳哥亲王相遇时，她正处于演艺生涯的巅峰状态。

1947年，格蕾丝·凯利和妹妹丽莎妮·凯利坐在船舷上。

格蕾丝和阿尔弗雷德

《格蕾丝和阿尔弗雷德……》，好莱坞完全能够以此为题，拍摄一部超级大片。这对神奇的组合在20世纪50年代的电影史上留下了最华美的篇章。

好莱坞悬念大师希区柯克特别欣赏女性冰火结合之美。在他所有的爱捷丽[1]中，格蕾丝·凯利也许对希区柯克式的人物做出了最完美的演绎。大师为这位家境优越、高贵典雅、集完美容貌和神秘气质于一身的金发女郎而倾倒。在希区柯克的影片中，罪恶并不代表卑鄙。即使是刻画最黑暗的命运，大师还是保持了一份高雅。人们无法逃脱自己的命运，希区柯克对此深信不疑。最重要的是完成自己的人生轨迹，而不失去它原有的高雅。

---

1 古罗马神话中启示过罗马王努玛的仙女，传说中她是艺术界和诗人、作家的灵感源泉。

❝ 直到现在，格蕾丝仿佛是一个从容不迫的高空杂技演员，不断攀升。我所不知道的是，她所达到的平台对她来说是否仍然太狭窄了。❞
                                      ——阿尔弗雷德·希区柯克

格蕾丝·凯利正是这种高雅的化身。她既是典型的美国电影制作的产物，又能以天才的本领平衡驾驭职业和情感，成为一代巨星。在她身上，我们看到了作为公众人物难能可贵的矜持内敛。如果说凯利以《完美的罪行》一片在电影艺术界留下了自

1955年，阿尔弗雷德·希区柯克和格蕾丝·凯利在《捉贼记》拍摄现场

己的印迹，她的人生也可谓完美无缺。

然而，女明星就是与众不同，有时衰老对她们来说都是十分痛苦甚至无法接受的事实。于是，她们中一些人以悲剧结束命运，其他的选择从银幕上消失，星光逐渐黯淡，成为不可触及的魅影。只有极少数几个名伶成就了辉煌传奇，格蕾丝当然在此之列。

凯利小姐最终成为了王妃殿下，恐怕连希区柯克也未必能写出这般令人难以置信的命运……

格蕾丝式的高雅和凯利风格

20世纪50年代，格蕾丝被一家美国高级服装学院评选为全世界最高贵的女性之一。半个世纪之后，巨星的绝代风华成为不朽的神话。

这位女影星喜欢穿着上世纪50年代流行的礼服，轻盈的质地勾勒出曼妙的身材，深V字领衬托着她完美的脸型，时而乖巧时而摩登的发型更突出了希区柯克式的金发美女形象。在任何场合，格蕾丝的举止都无可挑剔。无论是在《红尘》中身着猎装、头戴殖民帽，《捉贼记》中的保守黑色泳装，《上流社会》中裹住纤纤玉手的手套，还是《后窗》中的撒花长裙，格蕾丝代表着美国东海岸的高雅，成为连接新旧大陆的桥梁。

> 66
> 　童话故事充满想象，而我是一个真正的人，我存在着。如果有一天，人们讲述我作为一个女性的命运，他们最终会发现那个真正的我。"
>
> ——摩纳哥王妃格蕾丝

即使在好莱坞丛林之外，这位年轻的女士也表现得像一个举足轻重的人物。和所有凯利家族的成员一样，格蕾丝内心深处始终保持着征服的愿望。一旦给自己设定目标，她会全力以赴。但是，格蕾丝并没有因此而被光怪陆离的好莱坞所迷惑。在这个虚伪的世界中，人类真正的价值在无所不能的美元面前丧失殆尽，格蕾丝对此充满鄙视。在迟疑不决的尝试阶段之后，她迅速蹿红，大获成功。后来，格蕾丝说道，这一切来得太快，令她无所适从。

格蕾丝和奥雷格·卡西尼交往频繁。在经历两次离婚之后，这位好莱坞著名服装设计师又成了单身贵族。然而，格蕾丝的父母认为奥雷格只是一个花花公子，对这

段恋情极力反对。有教养的格蕾丝服从了家庭的意见。随后，女明星厌倦了洛杉矶和大制片公司，她离开西海岸，回到想念已久的纽约。格蕾丝拒绝出演一些角色，她和制片公司之间的关系陷入僵局，她开始觉得，这个世界根本不是为她而生。

1955年，风云突变。格蕾丝凭借《乡村姑娘》一片获得了奥斯卡最佳女演员奖。在短短五年的电影生涯之后，格蕾丝成为好莱坞一颗分外耀眼的明星。不久之后，她接到了戛纳电影节的邀请……

49

格蕾丝的行动

在成为王妃之前，格蕾丝已经积极投身人道主义伟大事业。在孩提时代，格蕾丝就坚信，出生在一个优越的家庭，自己的义务多过权利。

从1958年起，兰尼埃亲王任命格蕾丝担任摩纳哥红十字会主席。这标志着格蕾丝开始投身慈善事业，并为此付出了毕生的精力。此后，亲王甚至宣布由王妃担任负责青年、卫生和社会团结事务的部长。

> "美好的举止愈来愈难得一见。礼仪是抵抗侵犯的有效屏障。"
> ——摩纳哥王妃格蕾丝

当世界另一端发生自然灾难时，格蕾丝为年轻女性设立了单独的避难所，为儿童建起了家园和托儿所。她坚持亲自回复来自世界各地的信件。她创办了格蕾丝王妃基金，扶持刚刚开始演艺生涯的演员。为了能将个人兴趣和公众事业相结合，她创立了园艺俱乐部和国际插花比赛。1977年，联合国表彰了王妃为解决全球饥荒问题所作的努力。当然，作为王妃，格蕾丝还要出席各种官方会议，时常陪同丈夫出访。她成为了悬崖之国的偶像，甚至获得了最佳外交官的美名。

然而，格蕾丝并没有忘记那个为了当明星而不惜牺牲一切的女孩。很长时间以来，王妃拒绝了各种让她重返影坛的建议。但是，1962年，阿尔弗雷德·希区柯克邀请她出演《艳贼》一片的女主角。兰尼埃知道王妃是多么怀念电影，于是，他对此表示支持，夫妇二人甚至预备趁拍摄期间在美国度假。可是，影片拍摄计划被拖延了，王妃重返影坛的消息也招来了非议。众多摩纳哥人为之感到震惊，事情甚至惊动了梵蒂冈。格蕾丝厌倦了，只能选择放弃。据说，格蕾丝因为这个事件深受打击，甚至把自己关在房间里好多天，谁都不愿见……

1970年8月10日，格蕾丝王妃和兰尼埃三世陪同格里高利·派克及其妻子参加摩纳哥红十字慈善晚会。

1978年，格蕾丝终于重返舞台，在世界自然基金会的巡回演出中朗诵散文和诗歌。凯利家的女孩不达目的誓不罢休，这难道不是白纸黑字般的事实？

在摩纳哥，生命是一场盛会

除了红十字慈善晚会，"玫瑰舞会"是摩纳哥公国的第二个社交盛会。"玫瑰舞会"由格蕾丝发起，每年以一个国家的一种玫瑰为主题。

"玫瑰舞会"为摩纳哥创造了登上人物杂志头条的机会，也使一大群名人来到格里马尔迪家族成员身边。时光流逝，社交圈却依旧乐此不疲地关注着出席或缺席的人物（由此判别格里马尔迪家族对他们的喜好憎恶），评价着风靡一时的着装打扮或难以忍受的品位问题。尽管最近几年来，"玫瑰舞会"的光彩有所褪减，它依旧保持了良好的声誉。应该承认，在这里依然能看到许多国际巨星或法国名流的身影，尽管其中有些人已经星光黯淡。然而，"玫瑰舞会"真正的明星始终是格里马尔迪家族成员。

> 举办"玫瑰舞会"的传统始于1954年，它标志着公国社交季节的开始，将蒙特卡洛的迷人风采传播到世界各地。

豪华盛会点缀着摩纳哥的四季。春天，音乐、电影、造型艺术和戏剧等艺术争奇斗艳。随着美好季节的回归，公国将组织国际插花比赛，颁发国际现代艺术奖。每隔两年，在蒙特卡洛赌场的花园内会举行国际雕塑节，展示著名艺术家的作品。

夏季，蒙特卡洛爱乐乐团在王宫的荣誉院奏响乐章，还有专门的电视节。秋季，摩纳哥迎来了国庆节，颂歌飘扬，礼花绽放，颁发奖章，举办森林节。冬天，著名的蒙特卡洛国际杂技节如今由斯蒂芬妮公主精心督办。

每年1月27日的圣迪瓦特节是摩纳哥的一个重要节日。通过这个节日，公国的人民用心记取着古老传统，缅怀珍贵的国家历史。

1970年2月8日，格蕾丝王妃和兰尼埃三世出席在蒙特卡洛歌剧院举行的"玫瑰舞会"。

04 兰尼埃，亲王的印迹

人们给了他"建国亲王"的绰号，因为在其统治的55年中，亲王为使摩纳哥尽善尽美从未停止过努力。"悬崖之国"脱胎换骨，以小见大。为使摩纳哥继续成为媒体关注的明星，兰尼埃三世可谓不遗余力……

王冠何落

1949年，年迈的路易二世逝世，由他的外孙兰尼埃三世继位。新亲王只有26岁，却已经验丰富。

父母不和、求学艰难给兰尼埃带来了一个很不快乐的童年时代。他被送到英国一所中学，在那里成了同学们嘲笑的对象。随后，兰尼埃来到蒙彼利埃和巴黎继续学业。

1944年，兰尼埃的母亲宣布放弃王位继承权，于是他成了摩纳哥王储。青年的摩纳哥王子参加了法国军队，成为驻阿尔及利亚第一步兵团的一员。后来，他的足迹遍及普罗旺斯、斯特拉斯堡和柏林。1947年，兰尼埃回到摩纳哥，获得了法国和比利时战争十字勋章和荣誉军团勋章。在第二次世界大战之后的混乱时期，兰尼埃逐步进入高层，这仿佛是对摩纳哥振兴的一种允诺。

1950年4月15日，兰尼埃三世登基典礼，他继位其外祖父路易二世成为摩纳哥亲王。从左至右：安托瓦内特公主、夏洛特公主和皮埃尔王子（兰尼埃三世的父母）、吉兰王妃（路易二世的妻子）。

从1948年起，路易亲王将公国事务管理权交给了兰尼埃。几个月之后，老亲王与世长辞，兰尼埃成为了摩纳哥公国第三十位亲王。

悬崖之地的新君主立志要让他的国家进入现代化的行列。与许多前任不同，他认为国家的发展需要亲王全身心的投入。于是，他长期居住在国内，着手进行第一

> 在位55年间，兰尼埃三世见证了七位法国总统和五位教皇的统治。他亲口承认，有三个人物对他影响深刻，他们是戴高乐、教皇庇护十二世和阿尔弗雷德·希区柯克。

项计划：让摩纳哥在国际舞台上发出自己的声音。随着时间的流逝，这个使命成为亲王心中永远的牵挂。1949年，摩纳哥加入了世界教科文组织，一年以后，它成为国际刑事警察组织的成员国。1953年，国际红十字会接受了摩纳哥。不知疲倦的亲王进行了各种各样的尝试，努力使他的国家与各大邻国并驾齐驱。1954年，亲王鼓励成立蒙特卡洛广播电台，后又创办了蒙特卡洛电视台。

在其统治期间，兰尼埃为祖国赢得国际承认始终初衷未改。1993年，摩纳哥加入了联合国，标志着亲王的雄心壮志达到了顶峰。

1933年前后，摩纳哥公主夏洛特和皮埃尔·德波利尼亚克伯爵的孩子们：兰尼埃和其姐姐安托瓦内特。

传奇的相遇

兰尼埃明白王室形象的力量，他知道自己的婚姻对于公国来说是头等大事。然而，和他的祖辈一样，亲王也有同样的情感诉求。

23岁的时候，兰尼埃爱上了女演员吉塞勒·巴斯卡尔，将她安置在圣尚喀费拉半岛一座雅致的别墅里。路易二世本人也娶了一位演员吉兰·多芒热，却坚决反对孙儿的这段姻缘。老亲王的逝世并没有改变一切，因为美丽的吉塞勒坚决反对放弃自己的演艺生涯。尽管内心还深爱着她，但兰尼埃也知道摩纳哥应该有一桩更般配的婚姻。

传说中，兰尼埃和格蕾丝的相遇是摩纳哥王宫神甫图克和《巴黎竞赛画报》主编加斯东·波诺尔一起努力的结果。这个念头充满诱惑，因为他们将撮合欧洲最年轻的君主和好莱坞影坛最具标志性的影星之一格蕾丝·凯利。

然而，在两人第一次见面的那天，事情的进展出乎人们的预料。格蕾丝迟到了，发型也很糟糕。兰尼埃也迟到了，差点错过这次约会。传说格蕾丝在亲王没到来前，还偷偷坐在了摩纳哥亲王的宝座之上。无论是真实还是杜撰，这段轶事不乏魅力……

> **成为一个正常人是我最大的难题，在当了那么久的影星之后，在当时，对我来说，只有电影圈中的人才是正常的。"**
> ——摩纳哥王妃格蕾丝

亲王终于来了，摄影师们蜂拥而至。格蕾丝略带笨拙的谦恭令她更加光彩夺目。两人第一次目光交织，兰尼埃似乎没有注意到年轻女士的迷人风姿。亲王主动带领来自美国的客人参观了他的王宫，格蕾丝也被这位"魅力王子"的成长之地深深吸引。

1955年5月6日，格蕾丝·凯利在戛纳。在参加戛纳电影节期间，她结识了兰尼埃亲王。

格蕾丝的优雅终于打动了摩纳哥亲王，他赶往美国，探视正在拍摄《天鹅》的格蕾丝，并且结识了她的家族。会面十分愉快……从此以后，再也没有什么能够阻挡悬崖之国历史上最浪漫传奇的婚姻。

奢华绚烂的婚礼

战争结束后11年，古老的摩纳哥准备迎接它悠久历史上最浪漫的那一刻。

1956年一个美好的春日，兰尼埃三世迎娶好莱坞明星格蕾丝·凯利。许久以来，再也没有人对悬崖之国君主们不相般配的婚姻横加指责。再说，在上世纪50年代，也很少有哪个王妃能和这位来自美国上层社会高贵迷人的年轻女士相媲美。

66 您曾经是银幕王后，您也成为了最美丽的王妃。"
——约翰·肯尼迪

清晨时分，成千上万的记者们就将摩纳哥围得水泄不通。有些记者甚至乔装打扮成神甫，以便靠近当日的主角。在嘉宾中，富豪明星远远多于王公贵胄。只有埃及国王法鲁克不远千里来参加婚礼！像以前一样，欧洲王室对国小势微的摩纳哥不屑一顾。这真是可惜，他们不知道自己错过了什么……杰克·华纳、让·考克多和爱娃·嘉德纳等名流绝不会如此势利，他们接受了邀请，愉快地参加了婚礼。

兰尼埃穿着上校制服，行动略显僵硬。格蕾丝身着有蕾丝和珍珠点缀的真丝罗纱礼服，明丽动人。婚纱由米高梅公司的服装造型师海伦·罗斯设计，使得这场王室与影坛的联姻显得更加特殊。格蕾丝一出现，人们就看到，这位昔日的明星如今已经成为真正的王妃。记者们高唱赞歌：公国的花束中又添加了一朵奇葩。

英法双语主持的婚礼结束后，新婚夫妇在众人的欢呼声中来到了王宫花园。在那里举行了六百人的午宴。尽管格蕾丝早已习惯了面对公众，在这天，她却始终羞涩沉默。当亲王夫妇登上游艇DEO JUBVANTE❶二世号，赴地中海蜜月旅行时，格蕾丝才重新找回了祥和宁静的生活。

---

1 拉丁语，意为"在上帝的帮助下"。

1956年4月18日，摩纳哥兰尼埃三世与格蕾丝·凯利的婚礼。

"查理山" 还是 "希腊山"

在20世纪50年代的摩纳哥，并非只有王公贵族们才能登上报纸头条，富豪大亨同样受到媒体关注。

在群星闪烁的商界，亚里士多德·奥纳西斯这个名字分外耀眼。这位希腊船王拥有蒙特卡洛SBM旅馆集团的大额股份，是摩纳哥经济的实际控制人。奥纳西斯在公国举足轻重，记者们因此把摩纳哥首都称为"希腊山"。

被迫与希腊船王平起平坐并受其控制的局面使兰尼埃亲王深感困扰。在公国的发展问题上，两人针锋相对。兰尼埃相信，国家的发展在于扩大顾客群，他不仅关注富豪，也希望能吸引中产阶级和新的利益来源。另一方面，希腊船王则希望公国继续成为乘坐私人飞机度假的富豪们的乐园，他认为，在鱼子酱和灌肠之间应该有所选择！

1974年9月6日，希腊亿万富翁亚里士多德·奥纳西斯（1906－1975）。

> 要想成功，将皮肤晒成古铜色，拥有漂亮的住所（哪怕只是间地下室），出入高档餐馆（即使只点杯饮料），如果要借钱，索性借多点。
>
> ——亚里士多德·奥纳西斯

奥纳西斯相信有钱能使鬼推磨，然而他忽视了亲王的个性。兰尼埃不喜欢受人摆布，也不允许对手涉足公国事务，他要努力证明这一点。1966年，一条法律宣布增加

1960年12月7日，米兰，摩纳哥亲王兰尼埃、王妃格蕾丝、德波利尼亚克王子和希腊船王亚里士多德·奥纳西斯在歌剧院。

SBM旅馆集团的注册资本。奥纳西斯对此表示反对，但没有成功。摩纳哥政府以市场价格收购了该集团增发的60万股。希腊船王成为小股东后，决定撒手不干，将自己所有的股份卖给了摩纳哥政府。一场铁腕的较量以兰尼埃的胜利告终。对于心存怀疑的人们，这又一次证明了兰尼埃的毫不妥协。无需多言，兰尼埃亲王不会与人分享权力。只有他，才是悬崖之国的唯一主人！

安托瓦内特的秘密

兰尼埃唯一的姐姐安托瓦内特出生于1920年，1951年受封为玛西女男爵。尽管身为长女，安托瓦内特无法登上王位，因为根据摩纳哥的规定，她的弟弟兰尼埃作为男性，拥有优先继承王位的权利。

尽管不为人知，遵循格里马尔迪家族传统的安托瓦内特公主的生活并不平静。在战争末期，她想要嫁给一个德国中尉，而这位中尉所在的军队占领了悬崖之国。路易二世坚决反对这段充满了火药味的姻缘。几年之后，兰尼埃继位，安托瓦内特于是成了公国的第一夫人，直到她弟弟在1956年与格蕾丝完婚。

1951年，安托瓦内特与摩纳哥一位律师兼网球手亚历山大·诺格结婚，1954年离婚。此时，他和安托瓦内特已经生育了三个孩子：伊丽莎白-安娜（1947年出生）、克里斯蒂昂·路易（1949年生）和克里斯蒂娜（1951年生，1989年去世）。

> **如今，安托瓦内特公主是摩纳哥王室年龄最长的人物，在她弟弟继位之后，她扮演了公国"第一夫人"的角色，直到兰尼埃成婚。**

20世纪50年代，安托瓦内特公主在悬崖之国的政治生活中扮演了一个令人困惑的角色。甚至有人确信，她发动阴谋，要把自己的儿子扶上王位。当时，兰尼埃还没有子嗣，一旦亲王逝世，摩纳哥公国就有可能被法国吞并。一波未平，一波又起，有谣言说兰尼埃的恋人吉塞勒·巴斯卡尔没有生育能力……形势对安托瓦内特十分有利，在某些支持者眼中，她成了公国的救星。然而，亲王姐姐的雄心壮志最终一个接一个地破灭了。

1961年，安托瓦内特公主与摩纳哥公证人让-查理·雷结合。1973年，这段婚姻又以离异告终。十年之后，也就是在1983年，公主再度牵手舞蹈明星约翰·吉尔潘。2005年，吉尔潘逝世。

随着时间的流逝，公主越来越深居简出。她很少与媒体接触，也失去了在公国的一切影响力。在所有"特权"中，公主继续扮演着"动物之友"的角色，她还长期负责摩纳哥动物保护协会……这可是比勾心斗角的宫廷生活更靠得住的事业！

1959年8月，摩纳哥安托瓦内特公主（兰尼埃姐姐）和其孩子们：伊丽莎白（12岁）、克里斯蒂娜·阿里克斯（8岁）和克里斯蒂昂·路易（10岁）。

65

频频曝光的亲王

财富之盒还是潘多拉之盒？对长年处于风眼的王室来说，学会与媒体相处着实是一件相当不易的事。

自19世纪起，悬崖之国的亲王认识到，公国需要大做广告来推动"摩纳哥的生意"。然而，深谙传媒之道的格里马尔迪家族也无法阻止宣传的副作用：记者们争抢独家新闻的好奇心难以驾驭。

终其一生，兰尼埃三世对报刊和电视保持着爱憎分明的态度。在重要场合（文化体育活动、王室成员的婚礼或洗礼等重要庆典），亲王总是能够及时利用媒体力量，树立国家和王朝的形象。然而，当他认为媒体超越了警戒线的时候，他又会第一个发起抨击。亲王家族对过于追求轰动效应的媒体主编们发起了多少次法律诉讼，人们已经数不清了。偷拍的照片，私密罗曼史的曝光，对于家族悲剧长篇累牍的报道……为了保护私人生活，格里马尔迪家族所有成员都拿起了法律的武器。数百起的诉讼的结果大多对王室有利。总体说来，它们也为这个喜好诉讼的家族提供了源源不断的收入。

> 66 媒体的自由太多了，以至于剥夺了个人的自由。"
> ——摩纳哥王妃格蕾丝

对于一个习惯于用自己的形象来代表国家的家族而言，个人生活和公众生活的界限实在难以分清。格里马尔迪家族的成员都清楚这一点。如果有一天，卡罗琳、斯蒂芬妮、阿贝尔、夏洛特、安德烈和皮埃尔等人不再登上人物杂志的头条，这对于摩纳哥来说，绝对不是一件好事。

1966年，摩纳哥兰尼埃三世、格蕾丝王妃和其孩子阿贝尔(8岁，即阿贝尔二世)、卡罗琳和斯蒂芬妮。

67

对法之战

1959年，摩纳哥经历了一次严重的宪法危机。兰尼埃与国民议会分歧明显，亲王重拳出击，宣布解散议会，中止宪法。此后，摩纳哥重新成立议会，负责制定新宪法，于1962年颁布了宪法。

在此期间，摩纳哥政坛动荡不安，因为当时它与法国的关系也处于"战争"阶段。戴高乐将军眼睁睁看着法国资本流向摩纳哥，实在忍无可忍了，要求重新审订经济条约，调和两国税收政策。毋庸多说，这当然是要求摩纳哥遵守法国的税法。兰尼埃拒绝了，戴高乐怒不可遏，一场铁腕的较量开始了，并演绎成一场重大的政治危机。

❝ 陛下，您是与我们永远保持紧密联系、信任有加的王国的高贵代表。"1959年10月12日，戴高乐对兰尼埃三世说道。

法国大动干戈，对摩纳哥封锁海关。悬崖之国毫不妥协，法国又发出了停水、停气和停电的威胁。兰尼埃怒火中烧，对强大的邻国发出了相当直接的批评。亲王说，这是要扼杀他的政府，但这绝不会得逞。简而言之，这是一场"大卫和戈里亚的争斗"❶，直到1963年5月18日，两国签订了新和约。瓦勒里·吉斯卡·德斯坦（时任法国财政部长）与公国谈判。和约承认了摩纳哥公民和居民的区别。从1957年来居住在摩纳哥的法国人不能享受免税政策，在公国外营业额超过25%的公司需要缴纳所得税。作为小小的回馈，摩纳哥从此开征增值税。

---

1 "大卫和戈里亚的争斗"源自《旧约全书》，在那个古老的故事中，年轻的牧童大卫用石块击倒了巨人戈里亚。

1959年10月13日，摩纳哥亲王兰尼埃三世、格蕾丝王妃和戴高乐将军及夫人出席爱丽舍宫的招待会。

出人意料的是，这场分外棘手、可能对摩纳哥造成致命打击的经济危机最终却使公国厘清了对法关系，确立了税收差异。然而，这并不能阻止批评和打击在日后的岁月中接踵而来。

建国亲王

如果说有一个昵称博得了兰尼埃三世的钟爱，那就是"建国亲王"。在他统治期间，摩纳哥开展了前所未有的建设，国土面积增加了五分之一。

20世纪50年代起，亲王着手建设蒙特卡洛与大海的连接地带。地下铁路的兴建，使得拉佛多地区拥有了54000平方米的平地和周围450米的海滩。

1965年，兰尼埃致力于摩纳哥经济的多元化建设，在悬崖和海岬之间的海岸线上获取了22万平方米的可建设用地，并建设了一个新的港口。面向大海的扩展造就了枫维叶新区的开发，成为国家经济发展的绿肺。

1984年，法国和摩纳哥确定了摩纳哥所属水域的界限。

然而，亲王并不满足于这一切。1999年，摩纳哥完成了地下铁路的铺设。2000年前夕，摩纳哥新火车站修建完毕。

> "国土拓展变得愈来愈困难而且代价昂贵，城市面积的增大决定了国家的繁荣和经济的持续发展。我们会在大海上找到出路。"
>   ——兰尼埃三世

2000年7月20日，亲王在家人的陪同下，为"格里马尔迪论坛"大厦主持了开幕典礼，十层楼的大厦面积为3.5万平方米，用来举行大会、沙龙，接待商务旅行。

为了完善港口建设，亲王决定修建一条海堤和一种新型的长达350米的半悬浮堤坝。

兰尼埃相信，大海是摩纳哥的未来。在历史上，他是少数几个没有通过战争或侵略而成功扩展了疆域的君主之一……

1950年5月1日，办公桌旁的
摩纳哥亲王兰尼埃三世.

谁在缴税

摩纳哥依赖税收……更确切地说是依赖免税！约·达森难道不是唱道："想要不缴税，生在摩纳哥吧"？

摩纳哥的税收政策对这个国家声誉的影响力远远超过了所有王室婚姻、文化活动和经济发展，这并不是一个偶然。只要翻开格里马尔迪传说的最后几章，

我们会相信，摩纳哥公国依然是令那些不得不缴纳个人财产税和各种所得税的"穷人们"梦想的天堂。

> **摩纳哥的法宝？善于和媒体周旋的王室、豪华旅店、灿烂的阳光……还有诱人的税收制度。**

那么，摩纳哥的法律是如何规定的呢？除1957年后在摩纳哥定居的法国侨民外，对公国居民免征直接税收。历史上并非始终如此……1869年的亲王敕令取消了土地税、个人所得税、动产税和营业税，从此摩纳哥以免征任何个人直接税收而闻名。

法国与摩纳哥签订的税收公约限制了这一条敕令的应用范围，以免法国资本流向税收政策优越的悬崖之地。所有无法证明在1962年10月13日前在摩纳哥已居住五年的法国侨民依然要按照法国法律缴纳税收，和他们在法国居住并无区别。

值得一提的是，这条公约只针对法国，摩纳哥与其他欧洲国家并没有达成同样的协议。因此，谁也无法阻止英国人、奥地利人、德国人或比利时人来到公国，享用里维埃拉温和的气候和无关痛痒的税收……

特殊的税收政策使摩纳哥受益匪浅，公国不断吸引着天才的运动员，比如网球手贾斯汀· 海宁和赛车手迈克尔·舒马赫和米卡·哈基宁，以及在本国面临税收问题的各界明星！

完美家庭

05

这是一幅田园牧歌般美妙的图景：年轻的君主，风华绝代的昔日女影星，三个似乎继承了父母基因的孩子。四分之一个世纪以来，摩纳哥王室始终保持着完美的家族形象。

卡罗琳的花样年华

卡罗琳公主不会忘记，她是媒体的宠儿。在她身上，媒体看到了"格蕾丝神话"的再现和悬崖之国的浪漫未来。从此，公主的感情生活成为了杂志主编们津津乐道的话题。

> 作为兰尼埃与格蕾丝的长女，卡罗琳度过了养尊处优的童年，也仅仅叛逆了一次……之后，她的人生便踏入了正轨。

摩纳哥不是英国，任何人都不指望卡罗琳公主会与某位欧洲王室继承人成就门当户对的婚事。尽管如此，1978年，公主的婚姻还是震撼了王室。然而，卡罗琳喜气洋洋，她相信找到了自己的真命天子。但是在她的父母看来，这段姻缘并不理想。兰尼埃亲王心存疑虑，格蕾丝王妃则极力反对这门她认为注定要失败的婚姻。

然而，卡罗琳已成长为一位有个性的女性，她想展开自己的翅膀，飞离皇室的镀金牢笼。公主醉心于出入社交场合，她和在那里结识的朋友交往愉快，真心认为自己理想的生活就和他们的一样。卡罗琳的白马王子名叫菲利普·朱诺。菲利普当然不是王子，但他英俊潇洒。也是娱乐新闻记者熟知的花花公子中数一数二的人物。亲王夫妇最后一次尝试规劝卡罗琳回心转意，可公主心如磐石。她坚持要自己的婚姻，她最终也真的与心上人携手踏上了红毯！

当然，记者们早已对摩纳哥王室不合常规的结合司空见惯，婚礼的奢华也毫不稀奇。可是，只要看看

1977年8月26日，摩纳哥公主卡罗琳与菲利普·朱诺正式宣布订婚后在王宫留影。

1974年8月12日，摩纳哥公主卡罗琳出席红十字慈善晚会。

杂志封面就能使人明白，这段铜版纸上的爱情故事隐藏着多大的危机。卡罗琳风华正茂，美丽大方，满面春风，但也过于自信。菲利普的微笑充满着成熟男人的魅力，也同样过于自信。

这段婚姻终归是昙花一现，时隔不久便烟消云散。卡罗琳知道，在这场考验中还有父母可以依靠，因为除了承认个人生活的失败外，她还要面对媒体这面无情的镜子。公主领教了媒体对她公众形象的毁灭性威力，遍体鳞伤地退出这场是非。狗仔队却还在摩拳擦掌：摩纳哥王室这笔生意又一次变红火了！

卡罗琳的全新生活

这一次，卡罗琳依旧勇往直前。然而，她的第二次婚姻与先前那次截然不同，它标志着公主全新的生活真正开始了。

> 66
> 作为摩纳哥王室的"第一夫人"，卡罗琳重视王室成员身份，积极投身慈善事业，向全世界展现了一个生活美满的妻子兼母亲的形象。

这次，卡罗琳决心不再重蹈覆辙，她的婚姻将不再是无数次乘坐私人飞机出行中的逢场作戏，而且她一定会听取父母的建议。

20世纪80年代初，一位优秀的男士走进了公主的生活，他拥有意大利男人的优雅魅力，这正是他无往不胜的利器。斯蒂法诺·卡西拉奇一表人才，精明能干，热爱运动。当然，斯蒂法诺并非出身王室，但卡罗琳在他身上发现了她第一任丈夫所缺少的全部可贵品质。她的第二次婚姻更加低调，但也充满更多柔情。

在做了母亲以后，卡罗琳感到自己真正成为了女人。1984年，安德烈降生。1986年，夏洛特出生。1987年，皮埃尔呱呱坠地。当然，卡罗琳依然是媒体关注的热点，只是这回，杂志封面上的她面带微笑、平静安详。这些封面展示了公主团结和谐的家庭生活。卡罗琳已是两个男孩的母亲，而她的弟弟却尚未成婚，因而这位长公主倒比王储吸引了媒体更多的注意力。摩纳哥王室已经习惯了为继位危机做出各种安排，应该尽快解决这个问题。只要不再抓住卡罗琳前一桩婚姻不放就行。此时，卡罗琳性格的另一面展现了出来。曾经被媒体拿来与歌星影星相提并论的公主，如今也为自己在王室中的地位和义务尽心尽力。必要情况下，安德烈将接过格里马尔迪家族的火炬，成为摩纳哥王位继承人。

美好的生活在1990年10月3日这一天发生了转折。难道摩纳哥王室注定与幸福无缘？斯蒂法诺在一次快艇比赛中船毁人亡，卡罗琳的世界转瞬间崩塌了。公主又一次登上了杂志头条。然而这回，万众瞩目的她身着黑色丧服。在此期间，狗仔队一边摆出同情的嘴脸，一边策划着把这新的篇章载入悬崖之国的传奇中……

1987年12月28日，卡罗琳公主和其丈夫斯蒂法诺·卡西拉奇携安德烈王子、夏洛特公主出席皮埃尔王子的洗礼。

斯蒂芬妮，飓风公主

无论在哪个家庭，最年幼的孩子总是受到冷落。身在王室，情况更糟糕。在格里马尔迪家族中，斯蒂芬妮就是一个与家庭格格不入的人物。

还是小姑娘的时候，斯蒂芬妮就令父母分外操心。卡罗琳有长辈的关注，阿贝尔则是个严肃的孩子，已经在为自己将来要担负的职责做准备。至于斯蒂芬妮，事情看起来似乎更加简单。人们容忍了小公主的任性调皮和古怪精灵，也不强加给她用来约束长子长女的规矩。于是，斯蒂芬妮自然而然地形成了假小子的性格，与她温柔婉约的姐姐相去甚远。

> 欲望，背叛，诅咒，脸红，
> 欲望，痛苦，死亡，为何？
> 人们从不提起这些。
> 一段隐秘的恋情，
> 好吧，
> 这段恋情在大声嘶吼。"
> ——《飓风一般》

斯蒂芬妮从未放弃对儿时梦想的追逐。她创立了一个泳衣品牌，起名"极点"。她投身乐坛，演唱过《飓风》、《闪光》等歌曲，大获成功，却因第二张专辑而饱受指责。她开办了自己的服装店。她过着马戏团艺人般的生活。斯蒂芬妮，这位可爱的叛逆公主，选择了流浪生活，甚至在一辆豪华旅行车上安营扎寨。

公主的感情经历曾是媒体上泛滥一时的话题。人们发现她和一个来自马赛、名为马

1986年，摩纳哥公主斯蒂芬妮的歌手生涯达到了巅峰。

里奥的花花公子形影不离。有人说她爱上了她的美国制作人罗恩·布鲁姆。此后，编辑们又挖出了另外一个风度翩翩的富家公子让-伊夫·勒菲。斯蒂芬妮的这次恋情似乎相当严肃，甚至在小范围的宾客内举行了订婚仪式。然而，勒菲放荡的过去占据了上风，故事就这样戛然而止。随后，斯蒂芬妮生活中陆续出现了丹尼尔和其他一些男人，由她狂热而真正地爱恋。

斯蒂芬妮犯过错，但她拥有一种严谨古板的王室成员身上罕见的美德：率真。她拒绝妥协，喜欢混乱胜过虚伪的秩序。也许正是因为这样，她广受大众欢迎，却遭到了王公贵胄们有失公允的评价。斯蒂芬妮对此毫不在意。尽管岁月流逝，公主依然全心全意信奉爱情。

丹尼尔·杜克鲁埃的大起大落

任何人都不指望斯蒂芬妮的婚姻会合乎传统。公主更喜欢依靠直觉，激情到来时绝不逃避，尤其是当爱情如飓风过境般闯入了她的生活。

斯蒂芬妮和丹尼尔。开始，这段爱情故事美得几乎不真实：公主爱上了保镖，这只有在电影里才能见到！但是，斯蒂芬妮并不满足于梦想，她要在现实生活中拥有这样的爱情。幸运儿丹尼尔是个漂亮的小伙子，寸步不离地保卫公主的安全。他出身低微，却有商人的野心，从此发现了一条能使自己平步青云的道路。

> ❝ 他是斯蒂芬妮的保镖，侦察监视的技术无所不通，却没能逃过偷拍的镜头。

尽管丹尼尔对小公主耐心十足，兰尼埃亲王却不看好两人的恋情。1992年，斯蒂芬妮怀孕并生下第一个孩子路易。这不是摩纳哥第一次出现未婚父母，然而这条消息还是为八卦小报所津津乐道。1994年，宝琳也出生了。

在婚姻问题上，兰尼埃亲王时隔不久还是接受了女儿的选择。在令人精疲力竭的争执后，父亲让了步，婚礼于1995年7月1日举行。斯蒂芬妮光彩照人，丹尼尔面带微笑，却因为身着王子礼服而显得有些不自在。

媒体没有放过年轻的男主角，他从未受过高等教育，也不懂社交礼仪，初涉商场时笨拙不堪，过去的风流韵事等一切都成为了媒体纷纷批评的对象。

至于斯蒂芬妮，新婚燕尔的好景不长。她不仅被丈夫背叛，还得在众目睽睽之下承担其带来的压力。杜克鲁埃拜倒在出身应召女郎的菲丽·侯特曼的石榴裙下，成为了这场婚外恋陷阱中微不足道的牺牲者。这简直是奇耻大辱，斯蒂芬妮明白，夫妻俩不可能破镜重圆。兰尼埃亲王伤心地看到，他当初反对这门婚事是何等英明。1996年10月4日，宣告两人婚姻结束的时候，杜克鲁埃顿时名声扫地，但他仍是斯蒂芬妮孩子们的父亲。

此后，公主前夫与媒体继续着时好时坏地周旋：电视真人秀、出书、唱歌……在花边新闻中常常能看到丹尼尔·杜克鲁埃的名字，时间似乎让他成熟了许多。如今，他依然是公主可依靠的人之一，在她生活中占有着特殊地位。

1995年，摩纳哥公主斯蒂芬妮和其前任保镖丹尼尔·杜克鲁埃举行婚礼。

阿贝尔，(过于?) 理智的年轻人

如何在完美无缺的父亲的影子底下生活？有人会无法承受压力，阿贝尔也始终被这个问题困扰。

> 摩纳哥王子阿贝尔勤奋、谨慎、羞怯，虽然曝光度不如他的姐妹，却很早参与了国家事务的管理。

1980年8月4日，摩纳哥王子阿贝尔在摩纳哥异国风情园的岩洞中。

阿贝尔是个天性严肃认真的年轻人。但是，他也格外腼腆，在公众面前发言时，会因紧张而口吃。在他的前辈中，如比利时国王阿贝尔一世和英王乔治六世，都有与之相同的烦恼，但他们最终都成为了国家的传奇人物。比起他的姐妹们，阿贝尔更清楚地意识到，自己应该沿袭双重文化背景。他不仅具备了父亲的地中海血统，也继承了母亲的美国血统。很多人认为，在阿贝尔身上，凯利家族的成分甚至多于格里马尔迪的血脉。

和外祖父一样，阿贝尔喜爱体育，热衷运动。海外生活向他展示了一个更加开放的世界，这个世界中不再有令他讨厌的繁文缛节。阿贝尔学会了如何与人交往，也不以出身或财富来选择朋友。

阿贝尔的性格与兰尼埃三世也大不相同。

1967年，阿贝尔王子和其父亲兰尼埃三世。

这位王室继承人没有表现出父亲的那种威严、有时甚至是专横的形象。王子过分理智，夹在两位永不落寞的姐妹中显得太过低调。在很长一段时间里，甚至有人说阿贝尔生性软弱，不足以担当王储之责。然而，谈到王室传承问题，人们难道不是常说职责造就人才吗？

阿贝尔，十足的运动气质

长久以来，兰尼埃亲王一直不允许儿子过问国家决策。这位已过世的君主喜欢独自做出决定，不愿意授权他人或委派亲信处理国事。

在一个现任君主仍然掌握实权的国家里，作为王位继承人的阿贝尔要求自己必须圆满完成学业。他在美国马萨诸塞州的阿姆海斯特大学获得了政治学学士学位，法语、英语、德语和意大利语都讲得十分流利。

阿贝尔起先是法国海军少尉，后来升为中尉。他担任了摩纳哥红十字会主席，并在多个经济机构和通讯公司实习，还曾在奢侈品集团LVMH工作过。

运动是阿贝尔热爱的消遣，他可以在体育竞赛中倾尽全力，不会因此侵犯父亲的权威。王子因此获得了媒体的关注，这也不算与他的姐妹抢风头。阿贝尔不愿承担王室成员的义务，却找到一条他更喜爱的"美国式"的生活道路。

> **我曾经是个十分害羞、内向的少年。我能摆脱这种性格首先要归功于体育运动。"** ——阿贝尔二世

在运动方面，阿贝尔的确如饥似渴，田径、赛船、足球、手球、柔道、游泳、网球、马术、滑雪、壁球、高尔夫、帆板、剑术、排球和雪橇，王子无所不能。

阿贝尔什么运动都想尝试，风险越大，越能激发他的兴趣。他游泳、跑步、潜水、赛车，尤其爱好在冰雪上滑行。王子是滑雪爱好者，他甚至参加了在卡尔加里（1988）、阿伯特维尔（1992）、利勒哈默尔（1994）、长野（1998）和盐湖城（2002）举行的奥运会。作为运动员委员会副主席，阿贝尔的工作获得了国际奥委会的关注。

1985年8月8日，摩纳哥王子阿贝尔在他的1400CV赛船上。

当然，阿贝尔没有为祖国赢得任何奖牌，但是运动王子的名声就此传开，也使他更加自信。在登基之际，人们看到了体育训练带给他的积极影响。

多事之秋 06

1982年，格里马尔迪家族的悲剧上演了第一幕：格蕾丝王妃香消玉殒。与母亲一起遭遇车祸的斯蒂芬妮多年后才摆脱了这一噩梦的困扰。王室长女卡罗琳也劫数难逃，经历了突如其来的丧夫之痛。

飞来横祸

1982年夏末，里维埃拉的好莱坞童话戛然破裂，再也看不到圆满结局。

这一悲剧家喻户晓。1982年9月14日，法国电视二台新闻节目主持人贝尔纳·朗格卢瓦宣布了格蕾丝王妃遭遇车祸身亡的消息。主持人看起来对这一惨剧无动于衷，不忘评论弹丸之地摩纳哥的历史，还把王妃的逝世与黎巴嫩总统贝希尔·杰马耶勒[1]的死作比较，认为两者的重要性不可同日而语。这番评论极大地损坏了电视台的形象，也使他丢了主持人的工作。当然，每个人都有言论自由，但朗格卢瓦过分贬低了这起悲剧带来的反响。死亡不分等级，每起事故本身就是一幕人间悲剧。

> **"我希望人们回忆中的我是一个富有人情味、同情他人疾苦的人。"**
> ——摩纳哥王妃格蕾丝

然而，格蕾丝王妃的死并非平常事故。与其他命运多舛的名人一样，格蕾丝成就了一段传奇。她的故事集中了所有传奇的要素。好莱坞黄金时代的代表人物，欧洲最美丽的王妃，在迷人的里维埃拉遭遇车祸而香消玉殒，当时身边还带着小女儿。与比利时的阿斯特里德王后、玛丽莲·梦露、肯尼迪总统及后来的戴安娜一样，格蕾丝的死成为众说纷纭的疑案。

从此，关于车祸的谣言四起。有人说，可怜的王妃心情抑郁，交友不慎。有人认定，格蕾丝出事时并不在开车，并对小公主斯蒂芬妮奇迹般的死里逃生表示极大怀疑。自杀、谋杀、意外，原本可能只是再平常不过的一起车祸，却在众人口中被添油加醋。

1　1982年9月14日被炸身亡。

1982年9月18日，兰尼埃三世在其子女阿贝尔王子和卡罗琳公主的搀扶下出席格蕾丝王妃的葬礼。

还有一些人轻声提出了一个比较合理的问题：近三十年来，王妃是最能代表摩纳哥的偶像人物，公国能否逃脱她的死亡阴影？这些人无疑低估了君主制度良好的自愈能力，摩纳哥也不例外。

斯蒂芬妮，稍纵即逝的青春

9月13日，度假结束。格蕾丝与斯蒂芬妮乘坐罗孚3500返回摩纳哥，然后准备转乘火车前往巴黎。

汽车在37号省级公路上飞驰，道路蜿蜒前行，环境优美，海景一览无余。突然，车祸发生了。刹车无效，汽车冲出公路，坠入沟壑，车身着火。

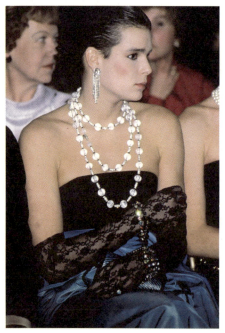

1990年，摩纳哥公主斯蒂芬妮。

> 失去母亲，谣言四起，斯蒂芬妮脆弱无助，却依旧抬起了高贵的头颅。

摩纳哥皇室在第一时间发表公告，声称即使车祸严重，王妃和公主也不会有生命危险。随后，摩纳哥新闻部突然发表一份公报，称格蕾丝伤势恶化，没有生还的希望。9月14日，王妃因脑部大量出血死亡。全球为之震惊：事情的发展仿佛是一部糟糕的电影。只是这次，非常不幸，一切都发生在银幕之外。

格蕾丝王妃去世时，斯蒂芬妮仅17岁。车祸给和父母寸步不离的小女儿带来了沉重的打击。公主不仅与死神

1982年8月2日，就在格蕾丝王妃遭遇车祸丧生前几天，摩纳哥王室
出席红十字慈善晚会，斯蒂芬妮和母亲神态亲昵。

擦肩而过，失去了她的母亲，还要忍受记者们的含沙射影。事故发生当天，谁在开车？如何走出死亡的阴影？厄运突然降临在悬崖之国，兰尼埃不顾一切地保护他的小女儿。某些人对王室拒绝调查事故真相的行为提出质疑。王室守口如瓶，难道不正助长了最耸人听闻的谣言吗？斯蒂芬妮始终无法承担重负，她真切地感到自己的一生将背负着沉痛的回忆，遗忘永远无法治愈灵魂的创伤。

年轻的公主多年之后终于习惯了面对现实。直到成为母亲的时候，斯蒂芬妮对梦魇般的往事才有所释怀。无论如何，9月13日这个黑暗的日子影响了格里马尔迪王室小公主的一生。

斯蒂法诺，时速200公里的一生

在"错误对象"朱诺离开后，斯蒂法诺·卡西拉奇成为了卡罗琳的救星。公主夫妇看起来十分恩爱，家庭的和谐也在他们肩负公国未来的儿女身上得以体现。

> 斯蒂法诺英年早逝，留下悲痛欲绝的公主和三个年幼的孩子。

1990年10月6日，斯蒂芬妮和卡罗琳在斯蒂法诺的葬礼上。

这对夫妻的生活温馨动人，展现出爱情不可动摇的力量。

然而，斯蒂法诺的一生好似以200公里的时速在跑道上飞奔。家庭生活、工作、运动……他什么都想得到，而且要立刻得到。他不是那种顺其自然的人。他企图掌控命运，喜欢与危险嬉戏。像所有喜爱精妙机械的意大利人那样，斯蒂法诺对发动机十分着迷，在比赛中，他感到肾上腺素得以释放，体会到了生命的极致。斯蒂法诺酷爱速度，作为一名赛艇运动员，他用生命留下了短暂而闪光的轨迹。

1990年，斯蒂法诺刚满三十岁。七年来，他是公主的丈夫，是她三个孩子的父亲。10月的一天，美梦被打破了。斯蒂法诺驾驶"比诺德比诺"号，参加了在摩纳哥举行的国际摩托艇大奖赛。

1986年，斯蒂法诺·卡西拉奇。

他曾于1989年夺得过世界冠军。这是他第八十次参加比赛。赛艇向着圣尚喀费拉半岛方向疾驰。突然，海面上风浪大作，赛艇被掀翻。斯蒂法诺的队友帕特里斯·英诺桑提跳船逃生，卡罗琳的丈夫却被困在赛艇里。年轻的卡西拉奇在亲朋好友面前葬身于这片他深深迷恋的大海。公主成了寡妇和单身母亲，不得不独自面对年幼的孩子和媒体，全世界都在关注她的不幸遭遇。

斯蒂芬妮的累累伤痕

少女时代痛失母爱，深受打击的斯蒂芬妮并没有一蹶不振。在对真爱的寻寻觅觅中，公主不断尝试着新的感情经历，哪怕有时冒着很大的风险。

斯蒂芬妮与阿贝尔王子，她最亲近的男士。

在斯蒂芬妮漂泊不定的生活中，她的感情挫折成为人物杂志的卖点，媒体把公主看做最佳对象。与格蕾丝王妃的车祸相比，因爱受伤甚至对公主有所裨益，但要知道，媒体从来都没有放过她。

斯蒂芬妮先是被她的制作人罗恩·布鲁姆所吸引，接着邂逅了富有的花花公子让-伊夫·勒菲。后来，公主与丹尼尔·杜克鲁埃坠入爱河，一度以为找到了真爱。媒体争相报道她对马戏、杂技演员和驯兽师的热爱。斯蒂芬妮与弗兰科·克尼同居，再次成为轰动一时的丑闻。然后，人们传说着她与摩纳哥王室总管理查德·卢卡斯的罗曼史。

斯蒂芬妮与其前保镖让-雷蒙·哥特利布的恋情似乎一度

2004年，斯蒂芬妮和其女儿宝琳，在她身后是公主的前夫亚当斯·洛佩茨·佩雷斯。

为她带来了她所渴求的稳定感。公主比任何时候都更想寻求安宁的生活。她竭力逃避狗仔队，1998年女儿卡米尔出生的消息没有被任何媒体报导。出乎意料的是，2003年，公主嫁给了一位葡萄牙杂技演员亚当斯·洛佩茨·佩雷斯，一年后离婚。

> " 你不在身边，我倍受煎熬，心跳激烈。如此
> 爱你，是对是错？"   ——《飓风一般》

当斯蒂芬妮高唱《飓风一般》时，她做梦也想不到，这首歌将成为她人生的真实写照。公主热烈的爱情，难道不正如飓风一般无坚不摧吗？

王室新貌 07

自2005年4月6日登基以来，阿贝尔二世一直想带领摩纳哥走上一条新的发展道路。他坚决支持现代化，脚踏实地，立志把悬崖之地建设得完美无瑕。在人物杂志看来，格里马尔迪王室卡罗琳和斯蒂芬妮两姐妹的子女们，尤其是夏洛特，是公国新兴的力量。革新之风吹遍摩纳哥。

卡罗琳与恩斯特－奥古斯特

斯蒂法诺去世后的几年中，卡罗琳的人生如同遭遇了一场毁灭性的战争。这期间，公主需要耐心地摆脱过去，尽力抚平创伤。

媒体再次纠缠住卡罗琳不放。公主得到了"圣海米女士"的绰号，因为她隐居在圣海米水源农舍，比任何时候都更像个称职的主妇。卡罗琳成了欧洲最美丽的寡妇，一个虽然遭受创伤却仍然高贵端庄的女子。公主的一举一动都被记者拍摄下来，尤其是那些透露出她新感情经历的蛛丝马迹。

卡罗琳一如既往地孤傲谨慎，但这不足以让狗仔队死心。她剪短了头发，连续几周戴着丝巾，这又该如何解释？她和演员文森特·林顿难道仅仅是相处默契的朋友？人物杂志的资深记者们费尽心机，想从照片中看出端倪，卡罗琳却决意保护私人空间。公主将重新振作，而这一次，她的选择依然出人意料。

在卡罗琳宣布要与同居多年的男友结婚时，很多人惊讶不已。这位新配偶与前两个完全不同！仔细看来，他与他们又有所相似。

卡罗琳和亚力山德拉。

❝ 斯蒂法诺去世九年后，卡罗琳再婚，生下了她的第四个孩子。

汉诺威亲王、吕纳堡和不伦瑞克公爵恩斯特–奥古斯特五世，跟菲利普·朱诺一样喜欢热闹，也像斯蒂法诺一样是个警觉的父亲（他和第一任妻子尚塔尔·霍楚里的婚姻给他留下了两个儿子）和精明的商人。锦上添花的是，他的家族曾一度执掌英国王权，是欧洲最有名望的家族之一。

1999年，卡罗琳与奥古斯特成婚，门当户对的贵族联姻体现了她对王室身份的重视。结婚那天，公主想起了自己的母亲，母亲应该会很高兴看见女儿和她选择了同样的道路。几个月后，女儿小亚力山德拉出世。四十二岁时，公主第四次成为母亲。

1999年1月23日，摩纳哥卡罗琳公主与汉诺威亲王恩斯特–奥古斯特婚礼的官方照片。

卡罗琳，从公主到王妃

卡罗琳公主与汉诺威亲王结婚，开始了生活崭新的篇章，却也是她与媒体打交道的岁月里最艰难的时期。

恩斯特-奥古斯特因冲动粗暴而恶名远播。为了迎娶卡罗琳，汉诺威亲王离了婚，他的家族纠纷让充斥德国街头的人物杂志乐翻了天。有人说，他酗酒如命，在醉酒时会对侵犯者——主要是那些该死的偷拍者——大动干戈。

> " 从1714年至1901年维多利亚女王去世，
> 德国汉诺威王朝一直统治着英国。

卡罗琳经验丰富，面对媒体时更不示弱。公主试图规劝丈夫，但她无法改变奥古斯特的个性。

在某些人看来，悬崖之国不过是个不值一提的小公国，然而卡罗琳不再只是魅力四射的摩纳哥公主，作为汉诺威王妃，她成为英国女王的表亲。从此，卡罗琳既热爱自由又恪守礼仪的双重姿态再次得以展现，甚至有人断定卡罗琳已重获新生。再则，沐浴在幸福中的她还成了小亚力山德拉神采飞扬、风姿迷人的母亲。

2005年，有报道称，汉诺威亲王的健康出现问题，关注公主生活的人们都不敢相信。美好的故事是否就此告终？然而，卡罗琳不会任由厄运再次剥夺自己的幸福。她顽强斗争，保持了她在遭遇艰难时的一贯作风。在这绝无仅有的危机面前，她帮助丈夫勇敢面对，战胜困难。毋庸置疑，兰尼埃与格蕾丝的长女保持了女性顽强斗争、不向命运低头的传统。经过这次考验，卡罗琳变得更加坚强而平和。

斯蒂芬妮，性情女子的斗争

斯蒂芬妮青春已逝，却仍旧年轻。突如其来的悲剧和丑闻冲击着公主的命运，对追逐独家新闻的人物杂志而言，她是一个难得的猎物。然而，或许公主比看起来要更加机敏……

斯蒂芬妮按照自己的意愿生活。公主对人们说，她希望过一个平凡女人的生活。然而，公主没那么天真，她知道事实上这绝不可能。哪怕她最细小的举止和手势也会招来媒体的分析和评论。日渐成熟的公主意识到，这种使她寝食难安的声望，也可能转化为一种优势。

和戴安娜王妃一样，斯蒂芬妮决定利用自己的名声和形象，为她所珍视的事业服务。在摩纳哥，她投身社会事务。然而，她最为关注的是对艾滋病的抗争。2004年，公主牵头开展抗艾滋病活动，并于同年创建基金会，全力投入到这一事业之中。斯蒂芬妮不仅大力推动艾滋病防治研究的进步，还要打破人们心中的禁忌，让艾滋病病人不再孤独。

> **66**
> **我们可以帮助那些人，哪怕只是见个面、听他们说说话……"**
> **——摩纳哥斯蒂芬妮公主**

为此，公主发动艺术家在联合国主席台上发表演讲，更加频繁地曝光。"斯蒂芬妮变了"，某些报纸如此写道。然而，那些了解斯蒂芬妮的人清楚，她从来只听从内心的召唤。面对他人的痛苦，公主从来没有无动于衷，她的同情诚挚可信。她清楚孤独和谴责带来的压力，厌恶冷漠胜过一切。斯蒂芬妮不会惺惺作态，当她投身慈善事业时，她的真诚赢得了大众的尊重，这也许是公主生活中最辉煌的胜利。

2007年2月21日，摩纳哥公主斯蒂芬妮出席抗艾滋病晚会。

阿贝尔，现代君王

很久以来，在摩纳哥人眼中，阿贝尔永远只是王储，他注定要生活在父亲的阴影之中，也不会有任何出格的举动。当继位这一关键时刻到来时，情况发生了变化。

短暂的摄政期过后，阿贝尔成为了摩纳哥的君主，他以国家元首的身份为父亲举办葬礼。不久，阿贝尔就将施政计划公之于众，从而体现了新老两代的区别。新君主以捍卫者的姿态保护着在他看来极为重要的领地：环境保护、政务透明、伦理道德。他要证明，摩纳哥近年来的繁荣兴盛不容置疑。他要证明，那些只把公国当做奢侈优雅的洗钱场所的人彻底错了。他采取有力措施，撤掉父亲的亲信，提拔了新一代的国家事务领导人。

> **摩纳哥阿贝尔亲王希望他的统治是"现代化的"、"对话式的"和"实事求是的"。**

阿贝尔的登基仪式也表明，君主的更替同时意味着时代的更替。王室家族一如既往地表现团结。亲王虽然独身，但他并不孤独。卡罗琳扮演着悬崖之国第一夫人的角色，与哥哥兄妹情深的斯蒂芬妮又是摩纳哥民众所喜爱的率性公主。格里马尔迪家族的年轻一代也参加了兼有现代和传统特色的登基盛典。仪式在露天举行，座位为半透明设计，象征着未来公国政务透明的新制度。

阿贝尔的演讲强调了人道主义的价值，广受关注。曾被人说成优柔寡断、内向羞怯的他显得果断而坚定。尽管如此，阿贝尔当权的几个月后，又对政府进行了一些调整，几个他所任命的担任要职的人物从此隐退。人事纷争与道德激战使阿贝尔感到，亲王肩上的职责并不像他想的那么轻松。那么，对这位意志坚定的君主来说，在悬崖之国进行改革是否也会比预计的要艰难许多？

环保亲王的雄心壮志

阿贝尔会成为21世纪初的环保亲王吗？应该说，他并不是冲在欧洲环保事业前线唯一的王室成员。

如果说在从前，王公贵族对大自然的热爱仅限于大规模狩猎，以丰富自己战利品的话，那么如今，情况已变得更加复杂。威尔士亲王和他所有的家族成员一样，都是狩猎高手，但他同时也十分关注环境保护和生态农业。

摩纳哥阿贝尔二世没有忘记自己是曾参与北极探险的阿贝尔一世当之无愧的继承人。因此，他继位后最先实行的"政治"举措之一就是沿高祖父的足迹出游。离开俄罗斯巴内❶基站后，他与同组的七人乘坐狗拉雪橇又前进了一百多公里。在艰苦的长途跋涉之后，一行人到达北极，不虚此行。

1　极地科考的一个临时海上着陆点，距离北极点仅100公里。

❝ 当我们看到那片风景，那片冰雪覆盖的大海，让人意识到，我们的星球是如此奇特多变。"
　　　　　　　　　　　　　　——摩纳哥阿贝尔二世

阿贝尔一世探索斯匹次卑尔根群岛百年之后，阿贝尔二世将摩纳哥的旗帜插在了北极的冰天雪地之中，成为第一位到达极地的国家元首。然而，对于亲王来说，这一壮举不仅仅是为了向祖先表达敬意，他还希望借此引起世界对全球变暖问题的关注。

阿贝尔二世深谙传媒之道。他知道，作为在任君主，他的私人出游会为他真心捍卫的事业带来巨大的广告效应。此外，从登上王位那刻起，他就要为自己树立特别的形象：一位关注全球核心问题、致力环境保护的现代亲王。

和往常一样，摩纳哥不会忘记它对富豪明星的吸引力，为了延续阿贝尔二世考察北极的影响，王室组织了一场盛大的慈善晚宴。阿贝尔二世大获成功，在很短时间内，摩纳哥亲王走到了生态保护斗争的前沿。

阿贝尔，永远的单身贵族

在摩纳哥王宫中，尊贵的摩纳哥阿贝尔二世殿下依旧孑然一身，他充分享受着单身贵族的生活，也明了保持单身和解决继位问题之间矛盾重重。30年来，记者们把他与各种类型的女性名流联系在一起，这多少有点异想天开，王子也学会了如何在流言蜚语中生活。

> "你们放心，我会结婚的！我也会有自己的家庭！"
>
> ——摩纳哥阿贝尔二世

阿贝尔王子和沙琳·威特斯托克

说到流言蜚语，关于阿贝尔的传闻真是不少。纳奥米·坎贝尔、克劳迪亚·希佛或波姬小丝的名字都曾与欧洲最引人觊觎的单身贵族联系在一起。然而，幸运的是，长期以来阿贝尔王子都被记者看做是第二选择，他们的主要对象是卡罗琳和斯蒂芬妮公主。

自从阿贝尔登上王位之后，媒体对新亲王的好奇心大增。谣言四起，直到最后发现了亚历山大·克斯特的存在。亚历山大出生于2003年，他的母亲是一个来自多哥的非洲航空公司空姐妮可。阿贝尔二世已经有了一个私生子，但这个孩子无权继承王位。阿贝尔对此做出解释，并在法国电视一台晚间八点档的新闻中公开承认了此事。亲王甚至暗示，人们还将有更多的发现。

的确，数周之后，阿贝尔的另一个私生女也被发现了。这次，一个美国少女站了出来，说自己是1992年出生于棕榈泉（加利福尼亚）的贾斯敏-格丽丝·罗托洛。此时，记者们决心毫不放手，他们穷追猛打。阿贝尔保持尊严，含蓄地承认自己的父亲身份。这些私生子女的存在同时也揭示了阿贝尔和其母亲的暧昧关系。但是，摩纳哥公民并不会因此记恨他们的君主，因为在他们看来，这纯属亲王的私人生活。

前几个月，又传出了阿贝尔与一位身材曼妙、金发碧眼的南非游泳女将沙琳·威特斯托克相恋的消息，是真是假至今还未见分晓。年近五十的摩纳哥亲王是否有朝一日会给心上人戴上婚戒，人们只能拭目以待……

阿贝尔和纳奥米·坎贝尔只要一起出现就会被认为关系亲密。

夏洛特、安德烈与皮埃尔：风华正茂的接班人

关于卡罗琳的三个大孩子，媒体众口一词：一个天性浪漫的青年，一个王室同辈人中最美丽的女子之一，还有一个温柔而理智的梦想家。

仔细来看，摩纳哥王室的新一代人值得人们更深入地了解。目前，安德烈仍是最有可能接任叔父，登上王位的人选。尽管长期以来，安德烈都以一副纨绔子弟的模样示人，却也开始学会为自己的形象加分。他离开了镀金的温室，来到世界另一端，见证了菲律宾儿童的不幸生活。这一切都是为在未来担当国家元首的学习过程，即使继位之事尚未定论。

夏洛特与二十年前的母亲简直是一个模子刻出来的，这一点令媒体欢欣鼓舞，他们开始追踪她的成长足迹。夏洛特是个优等生，在巴黎的一家出版社实习过，此后开始学习哲学。夏洛特根本不是愚蠢的偶像，也不是一个浅薄的公主。她冰雪聪明，集美丽与智慧于一身。

最后要提到的是，皮埃尔也摆脱了他"月迷彼埃罗"一般（注：典出勋伯格表现主义歌剧:《月迷彼埃罗》）喜欢梦想的气质，不再老是幻想，使自己的形象更有现实感。他也是一个年少气盛、不甘寂寞的年轻人，在社交晚会中可以与他的哥哥媲美。

> 66 他们年轻，漂亮，聪明。对摩纳哥来说，
> 他们肩负着未来。

卡罗琳以她的孩子为荣，他们也确实为公主争光。他们为摩纳哥树立起了日趋现代化的美好形象。虽然没有三头六臂，他们身上的名牌GUCCI或PRADA却说明了一切……

汉诺威王妃卡罗琳、其女儿亚力山德拉和恩斯特–奥古斯特亲王。
在他们身后是安德烈、夏洛特和皮埃尔。

113

斯蒂芬妮的儿女们：远离飓风

也许是为了躲避媒体，斯蒂芬妮居无定所，但她成功地使自己的儿女逃离了狗仔队的骚扰。

应该说，斯蒂芬妮的家看起来是欧洲王室最不寻常的家庭之一：前两个孩子都是婚前生下的（路易1992年，宝琳1994年）。不久，他们的父母就正式结为夫妻。但是，斯蒂芬妮与丹尼尔的结合没有维持多久，他们的孩子们也和许多其他孩子一样，不得不接受父母离异的现实。

1998年，卡米尔出生了。人物杂志纷纷断定她的父亲是和公主有染的让·雷蒙·哥特利布。猜测始终是猜测，只有一事是确定的：小卡米尔也进入了公众的视野，成了斯蒂芬妮"行列"中的一员。

> **摩纳哥斯蒂芬妮公主每天都要承受着媒体的压力，但她为自己的孩子们营造了平凡幸福的生活。**

公主出于母亲的本能采取了一切措施，哪怕要面对媒体的口诛笔伐。她的孩子们会和母亲一样热爱马戏吗？让他们和父亲一起参加电视真人秀是否合适？在"第二农庄"这个节目中，孩子们来看望了和其他名人一起被关起来的父亲，在报纸和网络引发了激烈的争论。

斯蒂芬妮还是不在乎别人怎么说。她不愿让自己的孩子生活在一个人造的、脱离现实的世界里。公主决心要保护她的孩子，但如果这些经历能使他们的人生更为丰富，她当然不会拒绝。

斯蒂芬妮公主绝不是个普通的母亲，但这并不妨碍她成为一个对孩子呵护有加的妈

2003年，兰尼埃亲王
和斯蒂芬妮的孩子路
易、卡米尔和宝琳。

妈。她拒绝让别人来照顾她的家庭。她和孩子们一起玩耍，分享他们巨大的快乐和小小的忧伤。摩纳哥的王位继承问题与斯蒂芬妮的孩子无关，这恰恰是对他们的保护。可以打赌，斯蒂芬妮丝毫没有为他们远离王位而感到不满。

艺术之国

尽管国家面积不大，摩纳哥却始终重视发展文化。在伟大的世纪中，公国的亲王们积聚了众多艺术瑰宝，使摩纳哥王宫成为镶嵌在里维埃拉的一颗明珠。

为了发展国家旅游业，查理三世十分重视文化的兴盛。即使经历历史兴衰和家族不幸，格里马尔迪王室对于文化活动的积极参与却从未中断过。

兰尼埃三世对杂技的兴趣变成了热情，甚至将这种大众娱乐提高到了主流艺术的地位。如今，斯蒂芬妮公主愉快地接过了父亲手中的火炬，全面负责组织摩纳哥国际杂技艺术节。

> ❝ 摩纳哥公国在艺术方面的名声与它的面积不成正比。

其他艺术形式也赢得了王室的热情和参与，卡罗琳公主对于舞蹈的热爱始终不曾改变。如今，摩纳哥公国在舞蹈艺术领域名列前茅。摩纳哥没有忘记，在20世纪初，悬崖之地对俄罗斯芭蕾敞开了怀抱。1985年，卡罗琳公主重建了蒙特卡洛芭蕾舞团，该团如今由让-克里斯朵夫·马约指导，但主席之职一直由汉诺威王妃担任。随后，两年一度的摩纳哥舞蹈论坛也得以创立。卡罗琳公主大力支持相关活动的宣传。公主最重视的是保持摩纳哥舞蹈艺术的现代化特色，正是这一传统使得悬崖之国在世界舞坛独树一帜。她关注舞蹈艺术的最新动态，毫不犹豫地推陈出新。如果某个舞蹈创作有悖优良传统，公主殿下绝不会手下留情！

富人的天堂？

摩纳哥始终装点着人物杂志中的缤纷彩页。如今，全世界的富豪们又是如何看待公国的呢？这个问题看似无关痛痒，却触动了热爱公国的人们敏感的神经。

夏洛特公主象征着摩纳哥在社交界的未来。

> **在和伊比沙岛等其他人间乐园的竞争中，悬崖之国还会是常胜将军吗？**

如果翻看人物杂志的社交新闻版块，人们发现，年轻人似乎不再一窝蜂地涌向摩纳哥那些入会条件苛刻的俱乐部。事实上，人们却始终能在其中看到依旧活跃的罗杰·摩尔和神采飞扬的布兰史泰特女男爵的身影。当然，这些情景反映了明星在公国舒适惬意的退休生活。渴望成为名流的人们如若厌倦了电视真人秀，也会时不时地出现在摩纳哥的社交晚会上。

与此同时，伊比沙岛❶上的聚会却

1　西班牙度假胜地。

2006年，玫瑰舞会以雷盖音乐为主题，扎着领结的名流和一头细发辫的艺术家共聚一堂。

极大程度地考验了俱乐部成员们面对众多刺激的定力。

于是，人们开始担心摩纳哥对富豪的吸引力。公国日趋陈旧的景象是否与兰尼埃三世在老弱之年的统治有关？阿贝尔的统治会改变现状吗？要知道，新亲王似乎从不喜欢纸醉金迷的生活。此外，阿贝尔二世一直是位"单身"亲王，这与君主政体也格格不入。从此，媒体关注的焦点再次集中在了斯蒂芬妮、卡罗琳和她们的孩子身上，这又会给摩纳哥带来什么改变吗？

在第三个千年最初几个年头中，摩纳哥要赢回富国乐土之名，必须推行现代化改革。在公国漫长的历史上，悬崖之地也证实自己浴火重生的能力，相信这颗里维埃拉的珍珠将重放光芒，震惊世人……

摩纳哥，税收最多的微型国家

与普遍的观点相反，摩纳哥并不是个大娱乐场，年度预算的多少完全取决于手气的好坏，公国的经济主要依靠四大支柱。

对于摩纳哥的工业，人们知之甚少。然而，在最近几十年中，工业获得了史无前例的突飞猛进。20世纪初，公国已经发展了啤酒和巧克力制造业。随后，摩纳哥政府始终坚持对无污染、高附加值企业的推行保护政策。

在摩纳哥，不同领域的知名企业往往聚集在著名大厦的不同楼层，这成为了公国的一大特色。如今，公司企业纷纷进驻在办公面积超过25万平方米的枫维叶区。

化工、美容和制药是公国最活跃的产业，印刷、服装和电子产业等其他领域也同样具有代表性。

旅游业是摩纳哥的第二大支柱产业。最初，旅游业主要面向富豪阶层。近年来，公国政府也注重发展商务旅游。

> ❝
> **摩纳哥的经济不是一盘扑克游戏。**

第三产业特别具有代表性，尤其是在银行和金融机构方面。某些金融机构将总部设在摩纳哥，还开设了许多保险公司和咨询公司，使该产业获得了最令人瞩目的发展。

第四大支柱为商业贸易。

陈词滥调过时了，如今著名的SBM旅馆集团已不再是纳税的重头。主要税源都来自公国各个活跃的经济领域。最后，国家垄断的电信业和邮政业也是纳税大户。敬告爱好收藏的人士，摩纳哥邮票可是拥有众多的痴迷者！

2005年，摩纳哥王室出席蒙特卡洛海滨旅馆的开业典礼。

机构、象征和国际舞台

亲王、政府、机构、旗帜、货币……摩纳哥究竟如何运行？

当然，摩纳哥不再相信君权神授。然而，这并不妨碍摩纳哥君主成为古老欧洲大陆上最具影响力的国家元首之一。亲王是国家元首，拥有最高行政权，在与各国的外交关系中代表国家。

2005年，阿贝尔王子在联合国。

摩纳哥政府由国务大臣负责，政府委员会辅佐大臣。国会包括18名成员，每5年公开选举一次。理论上，亲王执掌司法权，但实际上亲王授权法院和法庭代为行使。枢密院由7名亲王指定的成员组成。

在国土方面，宪法规定公国领土是统一的整体。法语为官方语言，但悬崖之国的居民们也说意大利语和英语。至于摩纳哥土语，只有最老的一代人和少数年轻人能懂，后者甚至可以在高中毕业考试中将这门语言作为选考科目。

> "愿宽厚的君主之名被无数赞歌传诵。我们将为国捐躯，而我们的后代会继续战斗。" ——《摩纳哥国歌》

当然，自从法国加入欧元区起，公国的货币就是欧元。天主教为国教，但宪法同样保证信仰自由。

摩纳哥国旗由同等大小的红、白条形组成（与印度尼西亚国旗相似）。国旗的图案设计完成于1881年，使用了从14世纪起就代表格里马尔迪王朝的红白两色。

介于传统和革新之间的阿贝尔二世登基典礼。

兰尼埃三世最重视的事情之一就是让摩纳哥加入各大国际组织。如今，摩纳哥已成为了联合国、世界健康组织、联合国粮食与农业组织、国际刑警组织以及濒危野生动植物种国际贸易公约组织的成员。总而言之，在国际舞台上，摩纳哥完全可以与大国平起平坐！

欧洲的几个微型国家

摩纳哥不是欧洲唯一的微型国家，它甚至都不是最小的国家。

与国土面积全球最小的梵蒂冈相比，摩纳哥简直就是超级大国。处于教皇管辖下的梵蒂冈城是教会的最后领地，而在鼎盛时期，宗教势力控制了从意大利中部到亚平宁半岛南部广大地区。

> **摩纳哥国土面积只有1.95平方公里，是世界上人口最密集的国家之一。**

比利牛斯山另一边的安道尔与摩纳哥有着不少共同点，前者也是公国，也同样富裕。安道尔公国成立于11世纪，国家元首为法国总统和西班牙塞奥-德乌赫尔地方主教，称为两大公。

建立于13世纪的圣马力诺是世界上最古老的共和国之一。在几个世纪的动荡中，圣马力诺始终保持独立。这个国家被意大利所包围，财政收入来自农业、手工业、邮票业和旅游业。

列支敦士登是欧洲是数一数二的富国，属于神圣罗马帝国的日耳曼分支，其王室是欧洲最富有的王室之一。数个世纪以来，列支敦士登的王公们通常喜欢维也纳胜过首都瓦杜兹，就像摩纳哥亲王们偏爱凡尔赛超过孤独的悬崖一样。

即使面积不可与上述国家同日而语，欧洲还有两个小国值得一提：卢森堡和马耳他。在大国面前，它们简直只有小拇指那么大，但和那些欧洲的微型国家相比，它们又像是巨人了。

摩纳哥。

附录

版图 128

摩纳哥国家概况 129

家谱 130

格蕾丝·凯利参演电影目录 134

版图

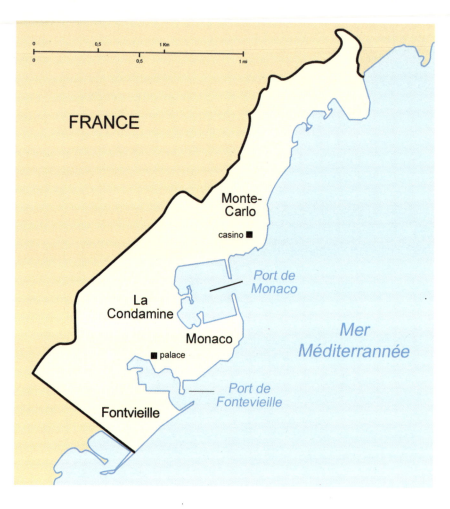

版图（从上至下）法国、蒙特卡洛、游乐场、摩纳哥港、拉孔达明、摩纳哥、地中海、王宫、枫维叶港、枫维叶。

摩纳哥国家概况

摩纳哥分为十个区：

- 海岬上的摩纳哥老城区，主要为摩纳哥王宫所在地。

- 拉孔达明区，包括港口和贸易广场。

- 蒙特卡洛区，主要居民区和蒙特卡洛游乐场所在地。

- 枫维叶区，70年代以来填海建成的现代化新区，主要为居民，还包括路易二世体育场、直升机机场、两处游艇停泊地，以及高楼、办公楼、跨国公司办事处等建筑林立的工业区。

- 拉佛多区，或称海滨区，摩纳哥面积最大的区域，人口众多。这里有可以饱览海景的建筑、高级宾馆，以及国境线另一边的蒙特卡洛乡村网球俱乐部。

- 泰纳奥区，位于拉佛多北面，是介于霍克布如尼—卡马丁市镇和圣罗马以东、阿农恰德以西之间的一段条形区域。几处阶梯（位于玛丽泉、泰纳奥和鲁塞）和公用电梯将其与拉佛多连接起来。

- 摩奈盖提区，西北部的居民区，包括摩纳哥异国风情园。

- 高尔区

- 雷瓦区

- 圣米歇尔区

官方语言：	法语
首都：	摩纳哥❶（北纬43°44'，东经7°24'）
人口最多区域：	蒙特卡洛
政体：	君主立宪制
−执政亲王：	阿贝尔二世
−国务大臣：	让·保罗·普鲁斯特
面积：	排名第192位
−总面积：	1.95平方公里
人口：	排名第189位
−总人口(2000年)：	31842人
−人口密度：	16329人/平方公里
独立：	独立于热那亚共和国
−独立日：	1297年1月8日
称谓：	摩纳哥人
货币：	欧元
时区：	东一区(夏令时提前1小时)
国歌：	摩纳哥公国国歌

1 摩纳哥既是城市也是国家。摩纳哥城是指王宫所在区域。

路彻多·格里马尔迪 —— 在伯耶的分支
热那亚海军上将

查理·格里马尔迪 —— 在西西里的分支

格里马尔多·格里马尔迪 热那亚议员

兰弗兰科·格里马尔迪 热那亚大使

兰尼埃一世格里马尔迪 法国海军上将(1304)

摩纳哥格里马尔迪王朝查理一世亲王 迫使皇帝尼可罗·斯宾诺拉离开摩纳哥(1338)

兰尼埃二世格里马尔迪 (1350-1407)

让·格里马尔迪 元帅，摩纳哥领主，其兄弟为安布鲁瓦兹与安托万。他规定格里马尔迪家族世袭王位(1382-1454)

格里马尔迪 后代的姓氏 热那亚领事和君士坦丁大帝身边。出使『红胡子』腓烈特一世。他的名字成为子孙

奥多·格里马尔迪 上将 热那亚领事(1188)

安戈·格里马尔迪(1210-1235) —— 在昂蒂布和皮热的分支

奥古斯丁·格里马尔迪
格拉斯主教。他使摩纳哥受西班牙帝国保护(1532)

昂蒂布·兰贝尔·格里马尔迪
兰贝尔与其兄弟击退了敌人进攻，扩张了摩纳哥领土(1420–1494)娶表妹克洛迪娜·格里马尔迪(1451–1515)为妻(1465)

摩纳哥卡塔兰·格里马尔迪
领主(1457)

摩纳哥吕西安·格里马尔迪
被一名企图夺权的多利亚家族成员暗杀(1481–1523)

摩纳哥奥诺雷·格里马尔迪一世
(1522–1581)

摩纳哥埃居尔·格里马尔迪一世
(1562–1604)被暗杀

摩纳哥奥诺雷·格里马尔迪二世
采用亲王头衔。昂蒂布·格里马尔迪伯爵说服表兄弟奥诺雷追随法国，作为回报，奥诺雷得到瓦伦蒂诺瓦公爵的贵族称号(1597–1662)

摩纳哥让·格里马尔迪二世
被兄弟吕西安暗杀(1468–1505)

家谱

摩纳哥奥诺雷-
弗朗索瓦·格
里马尔迪
大主教。
摩纳哥的分支
于1748年绝嗣

摩纳哥路易
斯·格里马
尔迪
法国贵族院
议员。路易
十四时期出
任大使
(1642–1701)

摩纳哥安
托万·格
里马尔迪
路易十四
干预格里
马尔迪王
朝的延续
(1661–1731)

雅克·德·戈
荣·马提农
以格里马尔迪
之名受马提
农王朝封爵
(1715)
其继承权受到
前格里马尔
迪宫的质疑
(1689–1751)
娶摩纳哥路易
丝-伊波利特
(1697–1731)
为妻
(1715)

摩纳哥奥诺
雷·马提
农-格里马
尔迪
(1720–1795)

摩纳哥奥诺
雷·马提农-
格里马尔迪
撒丁岛王国
的保护国
(1815)
(1758–1819)

摩纳哥
弗洛雷斯
坦·马提
农-格里
马尔迪
(1785–1856)

摩纳哥埃居
尔·格里马
尔迪二世
(1623–1651)

摩纳哥查理·马提农–格里马尔迪
结束被撒丁岛保护的历史(1860)
芒通与罗克布罗以四百万法郎让与法国(1861)
(1818–1889)

摩纳哥阿贝尔·马提农–格里马尔迪
(1848–1922)

摩纳哥路易·马提农–格里马尔迪
路易于1919年接纳了她的私生女夏洛特·卢韦
(1870–1949)

皮埃尔·德·波利尼尼亚克
以格里马尔迪之名受波利尼亚克王朝封爵(1949),1964年去世,娶夏洛特·卢韦(1898–1977)为妻(1920)

摩纳哥兰尼埃·波利尼亚克–格里马尔迪
(1923–2005)

斯蒂芬妮
(1965)
有子嗣

阿贝尔二世·波利尼亚克–格里马尔迪
(1958)
有子嗣

卡罗琳
(1957)
有子嗣

安托瓦内特·德·玛士
(1920)有子嗣

格蕾丝·凯利参演电影目录

《上流社会》(1956)

查尔斯·华特导演
饰演名媛翠茜·萨曼莎
与宾·克罗斯拜、弗兰克·辛那屈共同主演

一位美国上流社会的少女,在结婚当天陷入了与爵士歌手前夫和一心隐瞒事实真相的小报记者之间的三角恋困境。

《天鹅》(1956)

查尔斯·维多导演
饰演亚历山德拉公主
与亚力克·吉尼斯、路易斯·乔丹共同主演

王妃贝阿特丽丝的奢华生活时日无多,除非她的女儿亚历山德拉能得到远房表兄阿尔伯特王子的垂青。

《后窗》(1955)

阿尔弗雷德·希区柯克导演
饰演丽莎·卡罗尔·弗雷蒙
与詹姆斯·斯图尔特共同出演

一位双腿打着石膏,无法走动的记者透过窗户观察邻居的来来往往。一位商务代表的怪异举动强烈地吸引了他,甚至让他认为这是一位谋杀自己妻子的凶手。究竟是幻境,还是现实?

《捉贼记》(1955)

阿尔弗莱德·希区柯克导演
饰演弗朗西丝·史蒂文斯
与加里·格兰特共同出演

改邪归正的入室盗贼让·罗比在蓝色海岸享受着他的退休时光。然而,当一个与他作案手法如出一辙的窃贼出现时,良辰美景被打破了,所有线索自然而然地指向罗比,他成了头号嫌疑犯。

《独孤里桥之役》（1955）

马克·罗布森导演
饰演南茜·布鲁贝克
与威廉·霍尔登、米基·鲁尼共同出演

几架美国轰炸机要炸毁韩国的独孤里桥。中校布鲁贝克在执行这项不可能完成的任务前得以与妻子和两个小女儿重逢。任务完成了，布鲁贝克的飞机却被击中。中校被迫着陆，最后被中国人杀害。

《完美的罪行》（1954）

阿尔弗雷德·希区柯克导演
饰演马尔戈·温蒂斯
与雷·米兰、罗伯特·卡明斯共同出演

托尼·温蒂斯，一位昔日的网坛明星，因贪图马尔戈的财产与她结婚，但后者很快红杏出墙，勾搭上了年轻的侦探小说家马克·哈利德。托尼害怕被妻子抛弃，分不到财产，于是求助于雷斯卡特船长，出高价委托他暗杀马尔戈。

《乡村姑娘》（1954）

乔治·西顿导演
饰演乔治娅·埃尔金
与宾·克罗斯拜、威廉·霍尔登共同出演

伯尔尼是个导演。为了帮助朋友——自儿子死后表现平平的演员弗兰克，伯尔尼邀请他参加自己影片的拍摄。伯尔尼指责说弗兰克的妻子是他失势的罪魁祸首，但当他了解到她为支持弗兰克所做的牺牲时，他的想法改变了……

《红尘》（1953）

约翰·福特导演
饰演琳达·诺德莉
与克拉克·盖博、艾娃·嘉德娜共同出演

在非洲，两个性格截然相反的女子为得到一个猛兽猎人的爱情而你争我夺。

《正午》（1952）

弗雷德·齐纳曼导演
饰演艾米·凯恩
与贾利·古柏、托马斯·米歇尔共同出演

威尔·凯恩准备为结婚放弃行政司法长官的职位，却得知一名从前被他判过刑的强盗上了他所在的火车，打算进行复仇。威尔放弃了结婚旅行，试图聚集一些人手来对抗米勒和其团伙。然而，所有人最终都放弃了他。

《十四小时》（1951）

亨利·哈萨韦导演
饰演富勒夫人
与理查德·贝斯哈特、保罗·道格拉斯、黛博拉·佩吉特共同出演

一个绝望的男人登上摩天大楼楼顶，以自杀进行威胁。一名警察千方百计劝说他打消念头。